意气风发

夫子廟民間藝術大觀園

千里煙雲
張敬之
范良丞
范壽和
劉雲亭
賀光韜
杜鑑知
郝福堂
民國三十年三月
念三日同遊紀念

神州北極

诗意地行走

江云英　著

中国财富出版社有限公司

图书在版编目（CIP）数据

诗意地行走 / 江云英著 . — 北京：中国财富出版社有限公司，2023.12
ISBN 978-7-5047-8087-4

Ⅰ . ①诗…　Ⅱ . ①江…　Ⅲ . ①散文集—中国—当代②诗集—中国—当代　Ⅳ . ① I217.2

中国国家版本馆 CIP 数据核字（2023）第 250662 号

策划编辑 李小红　**责任编辑** 张红燕　陆　叙　**版权编辑** 李　洋
责任印制 梁　凡　**责任校对** 张营营　**责任发行** 杨恩磊

出版发行 中国财富出版社有限公司
社　　址 北京市丰台区南四环西路 188 号 5 区 20 楼　**邮政编码** 100070
电　　话 010-52227588 转 2098（发行部）　010-52227588 转 321（总编室）
010-52227566（24 小时读者服务）　010-52227588 转 305（质检部）
网　　址 http://www.cfpress.com.cn　**排　　版** 宝蕾元
经　　销 新华书店　**印　　刷** 北京九州迅驰传媒文化有限公司
书　　号 ISBN 978-7-5047-8087-4/I · 0371
开　　本 880mm × 1230mm　1/32　**版　　次** 2024 年 3 月第 1 版
印　　张 4.75　**彩插** 0.5　**印　　次** 2024 年 3 月第 1 次印刷
字　　数 92 千字　**定　　价** 49.00 元

旅行与写作编织出彩虹似的梦

“旅行”这个词总能拨动人的心弦。“身体和灵魂，总要有一个在路上。”这句话曾经在网络上很流行，究其原因，无非是击中了人们内心对旅行的那份美好向往。

然而，“来一场说走就走的旅行”并非易事。我们多数上班族每天过着“两点一线”的生活，从家里到单位，再从单位回到家里，日复一日，年复一年。即便有种种旅行的想法，多数人也只是想想而已，不仅是因为生活的奔波劳碌，还有种种羁绊让我们无法脱身，哪怕把旅行计划得再好，也不能付诸行动。所以，当我读到江云英著的《诗意地行走》时，便不由得对人生产生了思索，那是关于旅行、关于写作的。

本书是一部与旅游相关的散文、诗歌作品集，分别对应书的“上卷”和“下卷”两部分。从文中可以看出，作者去过很多地方，比如西安、吐鲁番、青海……当然，没有写进书里的地方还很多。能够按照自己的想法去行动，这本身就是一种优势，因为旅行不仅需要备足“盘缠”，还要有空闲，这两个前提条件都要满足，要不就会出现歌里唱的那样：“可是有了钱的时候我却没时间。”当然，也有很多人“行万里路”，一不小心却成了“邮差”。他们最多是这儿瞧瞧，那儿看看，灵魂并没有和身体一起上路，仅止于“到此一游”。有些游客以为把名字刻在石头上就能“永垂不朽”，其实到最后什么也没有留下，没有人会记得他们是谁，曾经做过哪些事。难能可贵的是，本书作者一路行，一路看，一路写，留下了这些点点滴滴的文字，像细碎的小花，不张扬地盛开在书页上。

江云英的散文率性自然，就如同山东人的性格一样。她的文字同时又呈现出一种婉约的特质，好像江南女子一般。在写作上，作者是有天赋的，虽然她的外表给人一种“女汉子”的印象，但她的内心很柔软，笔触细腻，时不时有一些出彩的文字让人击节叹赏。

比如，她写《旗袍，开在麻城里的花》，这个标题运用比喻的修辞手法，生动形象，让人一看就心生欢喜，于是便有了想读下去的兴趣。文章开头先抑后扬：“麻城的女子是不穿旗袍的”，接着写道：“突然间，麻城各色女子穿着各式旗袍，招摇成了朵朵花，在麻城里风情万种地开着”。作者开篇设置了悬念，让读者很想弄明白是怎么回事。原本旗袍多见于大都市，而一个小小的山区县城，怎么会有这么多女性身着被誉为“中国国粹”的服装呢？“我的目光停留在了站在垂柳旁的女孩身上，细腰盈盈一握，双腿修长，空灵得似水中的荷，平仄多姿，楚楚动人。那份简静与清美，分明是戴望舒笔下丁香般的女子。”作者依据自己眼睛看到的内容，进一步在行文中为我们揭示：“流动的旋律和浓郁的自然风光造就了沂源女人独特的贤淑、典雅和温柔……旗袍之风盛行起来。旗袍不单是沂源女人的一种情结，更是镌刻在中国女人骨子里的美丽”。

江云英的诗歌很随性，天马行空地想到哪儿写到哪儿，也不讲究诗的结构和写诗的技巧，虽然整体上缺少点儿诗意，但这并不妨碍我们阅读，从诗中我们总能发现三五处有意韵的句子。比如《牛郎织女相守着爱情》中“纬度上的沙尘/经度上的雨水/都是上天注定的缘分”，作者从地理坐标的角度，把普通的沙尘说成“纬度上的沙尘”，将常见的雨水写成“经度上的雨水”，在读者的眼前呈现出立体的影像。

而在《吐鲁番八点不黑天》这首诗中："猜不出楼兰古国消亡的谜/看不透交河故城的生土墙/说不尽高昌故城的悲和欢/赞不完的是那坎儿井下奔流的千条河"，作者把"猜不出""看不透""说不尽""赞不完"四个短语并列，增强了全诗气势。

又如，《夜晚的西宁　美得让人落泪》中："找寻月光中饱含的深情/不做随波逐流的云朵/就做此时此刻的自己"，这里蕴含着人生的哲理。

虽然作者不太擅长写诗，但敢于尝试。任何人的成功绝不是一朝一夕完成的，都需要坚持不懈，下狠功夫。而所谓的写作灵感，无非是长期坚持，勤奋写作，日积月累，偶然得之罢了。

《诗意地行走》虽是关于旅行的，但也是关于人生的。通过旅行来体悟人生，我们不难发现，人生也是一场旅行，一场带着梦想的旅行。对于热爱文字的江云英来说，她按照自己的心愿将旅行与写作编织出彩虹似的梦，最终活成她梦想中的那个样子。

中国作协会员，伊春紫薇文化传媒有限公司总经理

林振宇

目　　录

上卷

下卷

上卷

旗袍，开在麻城里的花

麻城的女子是不穿旗袍的，旗袍那种与生俱来的软和腻，注定了它只与江南女子投缘。

突然间，麻城各色女子穿着各式旗袍，招摇成了朵朵花，在麻城里风情万种地开着，淋漓尽致地演绎着，莲步轻移，朱唇翠袖，或眼波流转，轻盈浅笑，或凝神沉思，独饮翠微……

纤纤淑女，美妙梦幻，婀娜旗袍着身，曼妙多姿，笑颜如花绽，玉音婉转流。那绫罗绸缎，艳之韵之，原本平凡女子，典雅高贵的国粹旗袍一经着身，便宛若仙子飞舞，让人恍若置身世外仙境。

暗香疏影，我的目光停留在了站在垂柳旁的女孩身上，细腰盈盈一握，双腿修长，空灵得似水中的荷，平仄多姿，楚楚动人。那份简静与清美，分明是戴望舒笔下丁香般的女子。我能感觉到流年的暗香，岁月的美好。

流动的旋律和浓郁的自然风光造就了林城女人独特的贤淑、典雅和温柔，身着旗袍的她们举手投足间都显得那么恰到好处，给沂源带来一场中国传统旗袍的盛宴。美哉，我中国旗袍！妙哉，我沂源美景！

旗袍之风盛行起来。旗袍不单是沂源女人的一种情结，更是镌刻在中国女人骨子里的美丽，在麻城的大街小巷朵朵盛开。

清晨，东里的大桥上，白蒙蒙的雨雾中，一个身材凹凸曼妙、皮肤白嫩细腻、穿着旗袍的女子，举着色彩淡雅的花伞悠然自得地走着。她沉着淡定的微笑，不紧不慢的步伐，给人一种温馨的美感。心灵沐浴雨雾，有一种恬淡的华丽在其中，那种宁静与宽容之美，不是任何人都能够拥有的，这是属于东里人绝色嫣然的风景。石巷画桥，粉墙黛瓦，一袭旗袍，一把油纸伞，或独自行走，或携手并肩而过，都是只为花，只为爱，只为唐山寺内的莲花座。

淅淅沥沥，迷迷蒙蒙，一场雨，下在荆山寺的院落里，落成一方净土。烟雨里，花开成诗，叶长成词，我们在流年的韵脚里，平平仄仄，吟唱如歌。身穿丝绸或者锦缎裁制而成的各式各样的旗袍，小立领和别致精巧的盘花扣，那洋溢的美丽浑然天成。

绾着简单的小发髻，穿着一件淡雅的白色旗袍，行走在双马山醉人的风景里。即便是用最普通的碎花棉布裁剪而成，也是一道令人移不开眼的美景。布面是淡淡的雏菊花纹，领口、袖口与裙摆处锁着精致的白边，那紧束的腰身，流畅的线条，整个人就像是一朵恬淡美丽的雏菊，让人心驰神往。

从爱情属地织女故里，款款走来一位绝色佳人：高高竖起的衣领尽显纤细的脖颈，似露非露；盘旋扭结而成的花扣两两相和，欲说还休；高高叉开的缝隙里，白皙的双腿，若隐若现。女人的万种风情顷刻间摇曳无尽，心底的愉悦与满足，如洞房花烛、金榜题名时一般，升腾开来，浸透着每一寸肌肤。

琴声缭绕的圣佛山翠微茶园内茶香氤氲，古典情趣弥漫开来：一朵玉兰花缓缓绽放，看着远处身着旗袍的女子，优雅地从茶园的尽头移步而来，白色的衣服衬得她有些孤寂，细碎的步子轻柔，醉了一地的风情。轻轻地走过她的身边，就能够感觉到有玉的温润和馨香，淡定而又清晰，让人不看阳光就感觉到了温暖。

洋三峪风景区内身着红色旗袍的女子，看上去像是静静地、倔强地在墙角开出的野蔷薇，又像一只翩翩起舞的红色蝴蝶，如一片轻柔的云在我眼前飘来飘去，清丽秀雅的脸上荡漾着春天般美丽的笑容，那双又大又亮的眼睛里透着年轻人的张扬与自信。

身处麻城之中，穿着做工精良的秀旗旗袍，有着临花照水的清闲雅致，依窗而坐，飞针走线，抚红弄翠，那份恬淡优雅、闲淡自适，唇惹茶香间自己不自觉地也成了一个风情万种的女子……

旗袍是安静的，无论你是多么活泼的女子，只要穿上旗袍，就会慢慢地静下来，它给你带来的满足与心安，会让你充满自信、妩媚和诱惑。穿着或绸或锦或丝的旗袍，露出美丽小腿，发髻高绾，丰姿绰约，风情万种，以独有的风情，由里到外的神韵，开放在时光深处，不随光阴的打磨而凋谢，就那么妖娆着，玲珑着，震撼着……

世上多少怀揣梦想的女子，都梦想着有一袭华美的旗袍，得体地穿在身上，风姿绰约，尽显妖娆。就像有一段随心的爱情一样，舒适地存在着，亦是一种安然。

麻城里穿旗袍的女人如一部移动的书，承载着中华民族五千多年的辉煌，演绎着中华儿女传唱千年的梦幻。

一袭旗袍，染就世代芳华，

两袖月光，诉说绝世风雅。

行走在芳菲流年里的旗袍美女，永远是中国沂源最美的风景线。

烟雨江南

思念在我还未抵达江南的时候就已经开始了。每当我将要走近江南，内心就充满了浓浓的诗情画意，所有靠近江南的日子都变得柔软起来。

记忆里的江南是母亲不断絮叨的江南，是山水迢迢、云之外的江南。小桥流水，茂林修竹，开满各色蔷薇的院落，斑驳的黛瓦白墙，湿漉漉的青石板，还有那穿行在门前小河的乌篷船。

江南像是一首诗，不断地在梦里低吟，所有的温婉柔情都在这首诗里沉醉；江南更像一幅画，轻轻浅浅、缥缥缈缈地住在心里最柔软的地方。

我留了披肩长发，沿着古运河的水波去寻我梦里的江南。当岸边响起那熟悉的吴侬软语的唱词时，我的心就醉了。我夜夜梦归的江南啊，你什么都不用说，只用十里春风就醉了我的眼。

走进江南，总感觉那淅淅沥沥的雨飘飞的是千年的相思。纤柔细软的柳丝静静地梳理着江南老去的岁月，香远益清的荷花，犹如万盏灯点染着前世五百次的回眸。油纸伞下款款而行的倩影，可是旧事中让人牵肠挂肚的知己红颜？楼台亭榭间一阵阵悠扬的琴声，可是旧人在把缠绵的往事重弹？我分明听出古筝曲里飞扬的还是千百年前的相思幽怨。

一江涟涟的春水，二十四桥的风月，古镇水乡的云烟，寒山寺的钟声，满眼的光景都充满了柔情蜜意，让人感觉是在画里，是在天堂，是爱情的旋律。莫非江南原本就是为才子、佳人和爱情应运而生？要不然这一幕幕醉人的画面，为什么总会牵出心底千丝万缕的柔情和遐思飞扬的心动？走在古镇的桥弄亭堂，典雅而缱绻的气息扑面而来，幽深的青石巷伸向了远古，在“梅子黄时雨”的时节，雨巷深处那个结满愁怨的姑娘，还在低吟浅唱着前世今生的轮回，细细碎碎的雨滴是谁的清泪？乱了琴弦的琵琶弹痛了谁的心？或浓或淡的清愁怅雨悠悠地洒满了一江春水。

走进古老的沈园，依稀还是八百年前的风萧萧、秋意寒。园林深处斑驳的墙壁上那支秀笔仿佛还在挥毫，是唐婉以泪研墨的绝唱，还是陆游悔断肝肠的呜咽？好像那风声雨声都在一咏三叹："红酥手，黄滕酒，满城春色宫墙柳。东风恶，欢情薄，一怀愁绪，几年离索。错、错、错。"

漫步《十八相送》的古道和杨柳依依的长亭，似乎还有衣带渐宽的倩影在徘徊，悠悠的江水倒映着环抱相拥的古树，柔韧如发的柳丝，宛若他们缠绵不绝的爱情在风中纠缠，一曲爱的旋律回荡在花丛山水间，"碧草青青花盛开，彩蝶双双久徘徊，千古传颂深深爱，山伯永恋祝英台。"

是谁的心在苦苦地等待？等待着千年的相会，只让断桥残雪飞落泪，爱恨情仇化作西湖水。我儿时就听老人们讲过"人蛇相恋""水漫金山"的故事，如今荡舟西湖，可见三潭印月，但唯有雷峰塔最让我动情。站在塔下仰望塔顶，似有望越千年、读懂前世的感觉，"西湖的水我的泪，我情愿和你化作一团火焰"，一曲凄美的恋歌不知把多少人的心唱碎。一段段凄美的爱情，一曲曲亘古的咏唱，吟唱得这般轰轰烈烈，凄凄惨惨，就连满山的翠竹、千顷的荷花、万树的丁香，都为他们生长得那般劲节凌云、亭亭玉立、淡雅而忧愁。正是江南富有灵性的山水，孕育出了无数风雅诗人和绝代佳人苏小小，一方水土赋予他们水一样的柔情，山一样的铮骨。伫立了千年的西泠桥至今还在向世人昭示着“湖山此地曾埋玉，花月其人可铸金”。

杭州的西湖画廊，乌镇的流水人家，苏州的四大园林，以及盛行江南一带的评弹，就像品味不尽的千年陈酿，在历史的长河中散发着江南特有的风情和绵绵的爱意，更像纵贯古今的巨幅水墨画卷，在天地间写就江南的素颜。

风雅秀美的园林，锈迹斑驳的碑文，脍炙人口的古诗词，催人泪下的爱情传说，蕴蓄了江南人深邃的思想和执着的情愫，抒发了风流才女、倜傥雅士的浪漫情怀，更像一部部多愁善感的竹帛，流芳百世，感动后人。

满怀敬意地走在江南，任由遥远的古曲弹拨心弦，任凭千年的泪水打湿衣衫，我的思绪沉浸在这高山有情，流水有意，诗画有爱的意境之中。柳荫深处仿佛传来白居易伤感的诗吟：“细水涓涓似泪流，日西惆怅小桥头。衰杨叶尽空枝在，犹被霜风吹不休。”我不禁一声长叹——诗人的情怀柔似水，江南的烟雨细如愁！

江南啊！你的温柔乡里注满了惆怅，注满了哀怨。这寂寞深深、思念浅浅的江南，走近你，顿生爱怜无数；离开你，平添离愁几许。这我爱的江南，怎不叫人心牵？怎不叫人流连？

我的记忆是属于你的，江南的。每当想起，你的身影便会从时光里轻轻掠过，弥漫着缕缕馨香，那些鲜活的记忆，就像烙进了岁月的轨迹，留下了一处处温暖。

江南的记忆，在生命里，总是生动地涌流不息。那些青涩而淡淡的回忆，无论花开花落，都是圆满而充满醉意的歌声。

四月的江南，有着一树一树的花开。美丽在阳光下悄然生长，充沛着生命的诗意。

你的微笑，总是不约而至。而每一次抵达，都令人满眸惊艳；每一次到来，都永如初见。时光可以变老，爱情可以变淡，而你内心最纯洁、最柔软的地方，在我的视觉里，永远像玉兰花开，柔情似水。四月的江南，总是雾茫茫，雨蒙蒙，增添了一层神秘的面纱。尽管在风雨中，我却怎么也抵挡不住江南的诱惑，依然冒着滂沱大雨，徜徉在江南古镇。

似乎应了这雨，江南更显得朦胧和妩媚。远看那小桥流水人家，淡淡地罩上了一层薄纱，好似一幅水墨丹青；粉墙黛瓦被柔和的运河缠绕，那线条优美得连人体写真也自叹不如。

细细的雨丝在风的吹拂下斜斜地滑落，把小镇装点得更加古朴和清幽。站在江南的小桥上，淋着江南的雨，尘世的喧嚣和心的杂念都顺着雨水滴落，顺着那运河流向远方。

头发淋湿了，衣服淋湿了，鞋也灌满了水，可心却十分畅快。烟雨中的江南古镇，远看水乡缥缈，近听雨落无声。雅致的园林在雨中仍是那么气宇轩昂。细致精妙的砖雕石刻、曲桥回廊和假山荷池更是野朴成趣，清新自然。

踏在幽幽的古镇小巷里，踩在清清亮亮的麻石路上，闻着小摊上飘来的油香，听着悠扬的叫卖声，流连在这古镇，思古之情油然而生。怎不叫人心醉？怎不叫人心牵？

江南的雨多情，而雨中的江南更是爱意绵绵。她又像一个温柔美丽的绣娘，用雨丝织出了江南两岸的绿，织出了江南的春，织出了江南那如画的水乡风情；她又用情丝绣出了江南如诗的韵，绣出了江南幽雅的风姿和一代一代江南人如水的柔情。我真的不舍，舍不下江南，舍不下江南的雨，更舍不下这多情多彩、如诗如画的烟雨江南。

烟雨江南是一幅让人沉迷、让人遐想的图景，也是一座丰富多彩的人文画廊。千年的烟雨江南，千年的风流韵事；千年的烟雨江南，千年的历史沧桑。昔日的繁华荣辱虽已随着滚滚长江远去，但她的玉骨柔风却显得更美丽娇艳。迈出每一步，仿佛都要穿越千年。

春风十里游江南

春风十里，莺飞草长。烟花扬州，一个梦寐以求的地方。我终于来了。我感谢命运的安排，也感谢机遇的恩赐。当然，也是因为“烟雨江南”的“勾引”。

烟波缭绕的长江边，心里的每一句话，作品里的每一个词，都有不可稀缺的江南气息。

穿过观巷，然后走文昌中路一直到尽头，就能看到何园北门。到达何园，已是傍晚。

通过一道小门，迈入一片假山环水、豁然开朗的新天地，这个地方叫作“片石山房”。中央那堆太湖石，由叠石名家石涛叠成。何园是在石房的基础上扩建的，非常富丽堂皇，格局精巧，胜似世外桃源。

那里的夜生活丰富多彩。我仿佛置身于古秦淮彻夜笙歌的乌篷船，迷失在江南烟雨之中。才子佳人，红灯笼，花油伞。

扬州古运河是一道亮丽的风景。通过仿古的阁楼，人们可感受到古代文化的意蕴。

十里秦淮忆南京

国庆期间，随性南下，无意打扰十里秦淮的旧梦，一路走走画画，记录拍摄，这些经历权当是耄耋之年讲给儿孙哄其入睡的故事。忆起南京，世人想到的无非是中山陵、总统府、雨花台、明故宫。而我记起的只是那秦淮河，也许是记忆太过久远的缘故吧。如同一张故人的脸，眉眼都已淡化，记忆里留下的只有暖人的笑容。

南京，这个名字也是极致浪漫了，又浸染了秦淮河千年的脂粉香，整个南京城都显得甜甜的，这倒让这座几朝故都摆脱了历史的重负，往日的刀光剑影、荣辱兴衰倒被几分如今的恬淡荡涤得清澈无华了。这是在其他几座古城中极少见到的。不像北京，每一寸土地都彰显着帝王之都的现在与曾经，历史成了城市的标签，过于炫目了。灰色的城墙围住了昨天，也困住了今天，历史更如同枷锁般沉重。想来，今天的南京，让我这个异乡人竟能平和地走在街上，心底有着一份前所未有的安宁。我往日的旅行总未免有些急功近利，风风火火地走马观花总显得浮躁。可走在汉中路上的那一刻，秋日暖阳，我不得不醉了。

傍晚，落日的余晖里，闲庭漫步在路边的书店，大小书店竟不比各色时装店铺落寞。一直固执地以为一个文化发达、热爱读书的城市更有魅力，历史成就了这里先天的底蕴，可今天人们对美的虔诚让这座城的风姿又多了几分厚度。这样的城市注定不是浮夸的，这里的人们也注定是平和的。早已习惯了北京街头人们的行色匆匆，而这里惯性的悠闲会让外地游客显得格格不入。人们按部就班地工作、学习、生活，没有紧促的时间安排，没有凝重的表情，但又绝不像成都的悠闲。在这里，我感觉得到城市的跳动，人们在自己的秩序中享受生活。只是这种秩序对于习惯了奔跑的我来说显得陌生了。这让我竟有些嫉妒，以至于时至今日我还对朋友经常提起：“南京是我认为在中国最适合养老的城市之一。”那里的宁静和宽容的确是我所羡慕的。

如果你对南京感到陌生，大可不必紧张，利用手机地图就可以避免迷路。规整的街道布局给每一个南京人带来了方便，也给旅途中的我们带来了便利。

时至日暮，我心底的柔软便被秦淮灯火轻易地点亮，随性买张车票直到秦淮河北岸的夫子庙、晚晴楼。据说夫子庙最初是北宋年间所建，明初改为国子学，清时为江宁、上元二县的县学。聚星亭、思乐亭、大成殿、崇圣祠等，名字至今仍是万千学子心中的圣殿。总有望子成龙的父母带着自己的孩子来到这里祈求学业有成、金榜题名，以至于这里的香火永远是那么旺盛。可看到立于夫子庙前、据说用上好汉白玉雕刻而成的孔老夫子的塑像时，心底总会觉得怪怪的。但愿那只是一种美好的希望，笑笑自己也没多大抱负，已不用再赴科举，索性门口观望一下也就够了，免得打搅了孔夫子的清净。

庙门东侧的晚晴楼倒是更适合早已饥肠辘辘的我，要上有名的128道宴，只吃上几样，肠胃就已经胀得再也容纳不下，只得眼睁睁看着一碟碟美食兴叹。可心底还是高兴，毕竟是大饱了一次眼福，金陵美食的精致以往只有从《红楼梦》中得见一般，现如今果真领教了它的不凡，倒也满足了。

丝丝细嫩的盐水鸭、金黄色的黄桥烧饼、十里飘香的五香豆、名满全国的鸭血粉丝汤……叫得上名字的、叫不上名字的一一摆在你的面前时，不得不佩服中国饮食的精湛。自以为自己是个口腹之欲旺盛的食客，不想在这里竟全然丢了风范，连连赞叹曹雪芹笔下南京城的贾府盛宴奢华繁复。

酒足饭饱，登楼四望，已是灯火阑珊。侧耳听去，虽无丝竹之音，却有丝竹之韵。隐隐秦淮水，霓虹灯火摇曳其上，女子般妖娆，甚至过于妩媚。来不及迷失，小舟轻荡，拨弄出一道道水晕，“叮当”间便又砸碎了千年的时空相逢。我倒伤感起来，怪那几尾轻舟不解风情了。

也许旧梦本就只属于仙人，瞬间的感动已是恩赐。索性不再计较，绕下楼来，随着日渐熙攘的人群隐没在东、西二市之中。贩卖各色商品的摊位，此起彼伏的叫卖声，人头攒动的拥挤，这样的世俗却显得格外真实，反而让我多了几分宁静。看着大叔给自己年幼的女儿买折扇，看到同我一般挂着相机的游人，看到为几块钱讨价还价的顾客，突然心底踏实了很多，这是个活生生的城市，我感觉得到每个生命背后的真诚。尽管有着历史的寂寥，有着诸多不如意，可认真的平和是我从这个城市得到的最大收获。这里没有毫无上进心的自甘平庸，只有对一切欲求的平心静气，这对一个城市而言好像奢侈了，所以才让人感觉格外珍贵。

侧立桥头，看着眼前的浮华，突然想起像我这样的女子也许会在南京邂逅爱情。只是这一次，我把爱给了这座城市。临别前的玄武湖成了情人不舍的眼泪，于是我拾起一块雨花石，想来这便是前生定下今世重逢的信物吧。

我找到北了

如果可以，搭一列绿皮火车，一路向北，车窗外，蓝蓝的天空下立着寂静的村庄，鸽子盘旋，人群安详。山野是撒了彩虹糖粉末的，白色是它，青色是它，粉红是它，赤橙是它，淡蓝亦是它。在那童话般的国度，连黑夜和风，都显得格外友善。我找到北了……

麻城的上空，太阳炙热地烤着。“去东北避暑吧？”小马对老马说。于是一家人带着对黑土地的憧憬，带着避暑的初衷，飞来了哈尔滨，转乘火车从哈尔滨出发，再一路向西北方向，穿山洞，越林海，横跨整个大兴安岭，历时两天，到达我国漠河市北极村。

说到北极村，那满地闪亮的白雪、古老的森林、可爱的驯鹿、神秘的传说，都让它如童话般存在于我的意识里。恰如歌里面唱的：“灵魂在召唤，唱着古老、陌生、熟悉的歌谣。”北极圈是神秘又美丽的存在。我国幸运地拥有一个非常靠近北极圈且美如童话的小镇，它就是漠河北极村。

如果说西藏是最接近天堂的地方，那漠河就是离梦最近的地方。一半是水晶球中飘着雪、旋转着的洁白童话，一半是彩虹般五颜六色的缤纷人间。

漠河位于大兴安岭山脉北麓，西与内蒙古额尔古纳为邻，北隔黑龙江与俄罗斯外贝加尔相望。漠河市不大，但很干净；没有大城市的灯火辉煌，但人情味很浓；间或出现的俄式建筑和东北特有的风情处处散发着它的静谧与魅力。

我们那里已到了夏天，漠河却才到了春天。漠河的冰雪还未完全消融，常常一半冰，一半水。而森林中的杜鹃花却已迎着风雪含苞吐蕊。日复一日，柔软的春风慢慢与白雪邂逅，白雪又与花色渐融，放眼望去，便开成一片美好的粉白。而那万水千山的每个转角处，都是细水长流的平淡岁月。

导游说，秋天的漠河是五彩的。每年十月，秋意正浓，漠河森林中的蘑菇早已生长成熟，等待着被人发掘。它们可能在树根旁，也可能藏在树底的一片叶子下。尤其下过雨后，森林里的空气格外清新，去林中采一盘野生蘑菇，摘一把北国红豆。白桦、樟树、松柏、枫树，同时相映，红、白、黄、绿在蓝天白云下，格外斑斓。

冬天的漠河是雾白色的。十二月里，零下三十多摄氏度的漠河，只剩下白茫茫一片。从漠河出发，再往更北的北极村或北红村去，那里人少、车少、生态好，房顶上厚厚的积雪像一朵朵白色的蘑菇。

到了傍晚时分，这里便飘起袅袅炊烟，在满是繁星的静谧夜空下，更觉宛若仙境。

淳朴的村民总会热情指引，要你去“最北邮局”寄一张明信片，留下属于自己的印迹；去村边的中俄边境远眺一下俄罗斯；去北极星广场拍一拍照片；去白桦林里躺一躺；也会教你端一杯开水，体会“泼水成冰”的乐趣。

与“夏至节”一样，“冬至节”也是北极村所独有的节日，当地人也把“冬至节”称为“格桑布尔节”。

相传，在古老的鄂伦春族中有一个叫“格桑布尔”的勇敢青年，他于民族危困之际找到了拯救民族的圣物，而被众人奉为首领。后遇战乱，他选择让所有人去逃命，独自与天神对抗，他用圣物化作七座山峰压住了敌人，但同时自己也牺牲在了山下。那天恰好是冬至日，于是后来人们为了纪念格桑布尔，把这天定为“格桑布尔节”。

故事里的北国成了今天的村庄。在这里，天蓝得耀眼，雪白得耀眼，夜空迷幻得耀眼，仿佛随便一瞥，都足以惊艳了时光。

王国维在《蝶恋花》中写：“最是人间留不住，朱颜辞镜花辞树。”或许用此句来形容这个国境以北的童话小镇，一点也不为过。

夏天的漠河是蓝绿色的。每年六月，夏至前后，是漠河最美的季节。蓝蓝的天空飘着洁白的云，大朵大朵的，无比醉人。傍晚，看夕阳映红了天边，绿色丛林中那几座小房子，像极了童话里矮人的小屋。深夜时分，又有繁星闪烁，清晰的银河与星座都仿佛近在眼前。如果幸运，遇上那神奇的北极光照耀整片天空，便是一生最难忘的回忆。漠河的四季都很美，但春天和秋天太短暂，最好的便是夏季或冬季。

此时的漠河北极村，湛蓝的天空上飘着几朵淡淡的、薄如蝉翼的白云，把大地和山峦映衬得更加空旷、寂寥。黝黑的黑龙江水缓缓地流动着，隔江望去，对岸的俄罗斯山峰像一幅巨大的水墨丹青：灰白色的峭壁、墨绿色的落叶松树、翠绿色的白桦林以及开着粉红色、淡紫色小花的灌木丛……这些错落有致的组合是那样和谐，美之极，妙之极。

漠河城市并不大，但很干净整洁，空气清新，路宽人少，依山而建，周围到处是植被。街上的店铺大部分是东北特色饭店和土特产店。店里有野蜂蜜、野木耳、野蘑菇、野核桃、野榛子、野灵芝等。店主以东北人的热情和豪爽招待着外地来旅游的客人。我们也不例外地让导游带领着我们去他姐姐的店里买了好多东北土特产。

在县城住宿一晚，第二天一大早我们就乘车出发，一路向北，行驶在大兴安岭腹地，两边森林茂密，杉树钻天，偶尔掠过散居的村民和庄稼地。虽然路况较差，车辆颠簸，但我们还是不想打瞌睡，难得来一趟，想多看一些风景。

滚滚黑龙江从这里为起点沿着内、外兴安岭交界处的低谷一路东流，在一个叫红旗岭的地方突然折成一个完美的“Ω”形江湾，这个长达30公里的神奇大湾就是“龙江第一湾”。

北红村

东北一直被称作是一个拥有“白山黑水”的地方。“白山”指的是在吉林省境内的长白山，“黑水”指的就是现在我们身边的这条黑龙江了。

冬季是黑龙江雪乡旅游季，在这里，可以玩雪橇，或在江面砸个冰窟窿垂钓。

导游给我们讲了很多美丽的传说。傍晚时分，我们来到了北红村，参观了北红哨所，隔江就是俄罗斯，整个村子散落着几家民居，很安静。我们入住的民宿是北红村最好的、最干净的人家之一。我们住在了电视上看到的那种东北大火炕上，老板娘怕我们冷，早早地烧了火炕，一个晚上被窝暖暖的，舒服极了。

北红村位于中国黑龙江省漠河市，远离城市喧嚣，号称中国最北的、没有被开发过的原始村庄。这里林木浓密，野果遍地，野猪、狍子、雪兔和飞龙随处可见。

北红村的商业化气息不浓，拥有比较原生态的美。这里这个季节，太阳下山比较晚，温度下降得飞快，群星璀璨的好戏开始上演。夜晚的北红村，淡淡的银河垂在夜幕里，星星就像上帝在天空中撒的一把银屑。正所谓：“细数繁星闪烁；细数此生奔波，原来所有、所得、所获不如一夜的星空。”

北极村

中国漠河市北极村原名漠河村，位于大兴安岭北麓，坐落在黑龙江上游南岸，七星山脚下。是我国冬季最冷的地方，1月平均气温零下30.6摄氏度，那里曾经出现过零下52.3摄氏度。

北极村又名“北极村旅游风景区”，是我国“AAAAA”级旅游景区，也被命名为“国家级文明村”。它依山傍水，民风淳朴，具有浓厚的乡土气息和保存完好的生态环境，烟波浩渺的黑龙江从村边流过。对岸是俄罗斯阿穆尔州的伊格那恩依诺村。

在北极村待的这两天有点冷，所有人把带来的厚衣服都穿上了。明明已经6月初，气温却降至0摄氏度。我们沿着江边一路行走，江风夹着细雨，刮得脸生疼。可就算是这么恶劣的天气，也不影响大家出游的热情。雨说停就停，于是浪漫主义碰上乡村情怀，产生了美丽的童话故事。

每逢夏至前后，北极村有近20小时可以看到太阳，这便是人们常说的极昼现象，幸运时人们还会看到异彩纷呈、绚丽多姿的“北极光”。午夜向北眺望，天空泛白，像傍晚，又像黎明。

到北极村后，这里没有我们之前所担心的严寒，也没有预想的朔风呼啸，眼前的树木、房屋都很宁静、澄澈。北极村的天空偶尔有飞鸟掠过，湛蓝的天空有那么多流动的白云，明丽的阳光投射在身上，温暖明亮。刹那间，我竟恍觉之前来过。

在闲逛时，路遇有“中国最北邮局”之称的圣诞邮局。这些年行走，每至偏远地区，去当地邮局寄明信片或盖邮戳，已成我的旅行习惯。只是去年夏天，在拉萨邮局给朋友们寄回的明信片，到最后都杳无音信了。这次为保险起见，我把贴有邮票的明信片一一装进挂号信封里，这样应该不会再有差错了吧。这份小小的祝福，望收到的朋友们喜欢。

之后，导游带我们去了中国最北哨所。走在北极村外，放眼望去，天地万物美丽无比。回来的时候，又去了中国最北之家，看了“神州北极”纪念碑……似乎所有的景点，都带有“中国最北”字样。每每看到这四个字，也不知为什么，内心总会隐隐升腾起一丝骄傲。我们一路走下来，累得气喘吁吁，筋疲力尽，俨然忘记了北极村最大的特色——冷。

北极村的白天很长，回到住处，吃过晚饭，我便来到楼下，一边看朋友们玩游戏，一边写今天的游记。几个女孩儿和男孩儿坐在对面，弹吉他，唱歌，歌声带有几分细腻温婉。我不禁感叹自己青春不再，男孩儿垂下眼帘，长长的睫毛轻轻扇动，白皙的脸上有几分稚嫩，那么阳光灿烂。想当年，我也曾迷恋过吉他，可终究没有学好。不过，在这种背景音乐中做“文字旅行”，也相当快乐。

去外面看北极村的夜空。站在庞大的夜幕下，犹如站在高高的山顶之上，感觉夜空好低，月亮好大，星辉璀璨，群星似乎伸手可摘。望着不远处中俄边境线上的高山，月光下，山上的积雪泛着莹莹的白光。突然想到了《狼图腾》，想起了那一群因草原被人为破坏而跑到俄罗斯境内的狼。其实，逃得再远，也躲不过现代文明的侵袭。我这样想或许有点偏激。倘若如此，北极村最好不在，我最好不来。可假若不来，又怎能见到这样美的夜空？夜色渐深渐浓。眼前的明月和群星势必要照进我今晚的梦里来。

我在外面待了两个多小时，一直到街上几乎没人，抬眼望向路两旁的家庭旅馆，入住率都挺高，很多窗户都亮着。仍有轻柔的音乐从屋里漫出来，这种感觉特别美好。

这次出发之前，我们虽然问清了具体路线，但是走在路上的时候，心里还是有些忐忑。因为昨天我们走了太长的路，怕今天会和昨天一样疲惫。

我们带着这种忐忑找到了“最北一家”，并且在这里看到了去往“最北点”的指示牌，内心稍微踏实了一些，便顺着指引的方向走下去。首先见到的是一座木制吊桥。它和在都江堰走过的安澜桥差不多。只是安澜桥下面是湍急的河流，而这里的河面上是一望无际的冰雪。虽然桥上的积雪被清扫过了，但是残留在桥面上的冰碴还是使路面很滑；加上这座桥是吊桥，踩上去会晃动，使原本就很滑的桥面更不好走。我刚小心翼翼地走过去，后面就有一个女孩子摔倒了，对她我深表同情。

我本来以为过了吊桥就是“最北点”，没想到还要走一段很长的路才可以到达。通往“最北点”的路都是木制小路，路旁还有温馨提示：为了您的安全，请不要离开木制小路。我看到心里莫名地怕。是因为有凶猛的动物出没，还是怕人迷失在这茫茫白雪中呢？正想着这些，无意间往旁边的树林里瞥了一眼，正好瞥见三条造型逼真的“狼”，着实吓了我一跳。可能本身对狼就有敬畏之心，以至于我明知道它们是假的，但在靠近它们的时候，依然莫名其妙地畏惧。

继续往前走，每走一步，都有一种在深山的雪窝里跋涉的感觉。因为穿得厚，所以感受不到外面到底有多冷。太阳暖暖地照在身上，加上一直在走，额头竟然冒汗了。在经过一片树林的时候，高耸粗壮的树木把阳光遮挡起来了，走在里面感到一种清幽的静谧。我把自己想象成古天乐饰演的《神雕侠侣》中的杨过，穿行在清幽的白桦林里。

再往前走，就看到“金鸡之冠”了，而那也是最北点的所在地。我有些兴奋，走过去看着中国最北的碑石，反复摩挲着。抬眼望去，能清楚地看到对面高耸的俄罗斯墨绿色哨所。哨所里还有袅袅的轻烟冒出，大抵是守卫边疆的士兵在里面烧火取暖吧。江面被清晰地分成了两部分，这一边布满了游人的脚印，靠近俄罗斯的那一边则很平整，那里大抵就是中俄边境线吧。我望着那座墨绿色的哨所，挥动双臂，虽然我知道他们不会看到，但心里还是隐隐期望着他们会做出回应。

回去的路上，我特别开心，蹦跳着唱着歌往回飞奔。这一切真的太完美了！在外面久了，习惯了孤独，却也害怕了孤单。我旅途的最后一站，因为有了他们而倍感温暖踏实。

临近中午，我们才到达北极村旅游风景区入口处。到了北极村，我们一行统一住在当地老百姓的农家小院——一家叫“北极人家”的乡村民宿。这是典型的东北民居房舍，一排整齐的木质结构房屋，五间正房，坐北朝南，另有几间侧房，所有房间都没有空调，一到晚上，睡觉还要盖厚点的被子。其他院落用木头围起来，院中种了蔬菜和花卉，瓜果飘香。主人非常热情，给我们详细介绍了住宿情况、吃饭安排、旅游景点和注意事项。我们吃的是农家饭，一天三顿基本上都是“馍、菜、汤”，这里的生活习惯与我们山东差不多，只是有些饭菜的做法和口味略有不同罢了。

下午导游领我们参观了“神州北极”广场，除了北面靠近黑龙江以外，广场的其他三面都是各种各样的休闲度假村，一到晚上，华灯初上，操着各地口音的游人在广场上散步、闲聊，交谈着来这里的感受。

来到北极村，还有一个奇特的时差现象，就是每天太阳升起得比较早，一般都是凌晨三点半左右。到七点钟我们起床时，感觉已好像是上午。白天日头特别毒，感觉天空离我们特别近。晚上太阳落山比较晚，一般情况下，22：30左右才落山。

北极村拥有得天独厚的地缘和资源优势，神州北极、神奇天象、神秘源头闻名遐迩，大森林、大冰雪、大界江享誉中外，这里风光独特，民风淳朴，空气清新，景色宜人。这些都深深地吸引着海内外游客来此找“北”、找“冷”、找“奇”、找“纯”、找“美”、找“净”、找自然。特别是近年来，漠河市的旅游业不断升温，北极村每年都吸引几十万的游客前来旅游观光。

夜晚散步，广播里正好播报当地时间19：00，我的手机显示时间是20：00，老马的手机和手表一开始显示19：00，一会儿，老马的手机又显示20：00。我俩很惊讶，这种现象是地球磁场导致的，还是地理环境导致的？我们又倒退回去，来来回回实验几次未能得出结论，回去后我们和小马说起这一奇怪现象，小马哈哈大笑，打开我们的手机设置，说我们手机自动调换到了俄罗斯的时间，所以快了一个小时，手表则时间没变。差点儿让我以为遇见“鬼”了！

北极村有几条小街和几条小巷。小街和小巷两旁立着一栋栋古老的木刻楞民居。木刻楞本身为俄罗斯典型民居建筑风格，其主要用料为木头；木头用斧子雕刻，有棱有角，非常整齐。地基全是石头，木头在地基上一层层堆叠，木头与木头之间用木楔加固。这种房子结实耐用，冬暖夏凉。街头亦有砖混结构的公益用房。而这些公益用房多为精巧的俄式风格。可见这北极村的建筑文化受一江之隔的俄罗斯影响较大——这是我始料不及的。

村子里随便一处设施基本称“最北”。有最北邮局，最北医院，最北金融机构，最北小学，最北乡政府……经营意识强的居民亦将自己的住房前挂上“最北一家人”的牌子，以招徕游客。

美丽的传说

相传，黑龙江边上住着一对老夫妇，他们的七个女儿化身成王母娘娘的七个侍女，每年夏至夜晚，七个姑娘都要回家探亲，她们的七色彩带飘舞于空中，便是极光。于是按照当地人的习俗，每到夏至这一天，都要举办“夏至节”，人们会自发来到黑龙江边，点起篝火，边跳舞边等待着“北极光”的出现。许多恋爱中的青年男女也会于傍晚时分携手来到黑龙江边的放灯台上，点燃自己亲手制作的江灯，许下美好心愿。

那里还流传着一种说法：能看见极光的人，都是上天的宠儿，一定会过得幸福。

严格意义上说，漠河并不是最适合看极光的地方，但漠河确实是国内唯一可能看到极光的地方。或许，越是这样的不确定性，越让人充满美好的期待吧。有生之年，一定要和最爱的人去等候一次极光！

漠河七星山

七星山，夏季景色优美，空气清新。到了冬季，这里是天然的“滑雪场”，皑皑的白雪覆盖整个大地，生活在七星山脚下的人们自制小木爬犁，爬到半山腰处，顺坡而下，雪雾腾起，耳边生风，体验风驰电掣的刺激与快乐，品味齐腰深的大雪和令人咋舌的寒冷。关于七星山，美丽动人的神话故事在民间广为传扬。

相传很早以前，这里是泥泞的沼泽和贫瘠的土地，森林中横行着各种野兽。到了冬天，常常几天看不到太阳。就是在这恶劣的环境中，生活着一个具有顽强生命力的民族——鄂伦春族。鄂伦春人以捕猎为生，没有固定的住所，马背上驮着全部家当；他们勇敢坚强，谙熟森林里的大自然法则；他们使用自己的语言，却没有文字；神秘的萨满让他们洞悉生命的奥秘……

《观音山》讲述了观音菩萨幻化出三头六臂，一手持经箧，一手持一百零八颗念珠，一手持半开的荷花，为一方百姓降妖除魔的传说故事……

我还听到一个传说，讲述了小黑龙每年春天破开厚厚的冰层，保证江水一泻而下，不阻流，不倒流，避免有“倒开江”的情况出现，让村子里的父老乡亲或取水种地或放船捕鱼，免遭水淹之苦，展现了小黑龙为解救父老乡亲的舍己为人的大无畏精神。漠河的老沟盛产上好的金子，对此，民间还有许多传说。

在大兴安岭的莽莽森林中，大都是樟子松或落叶松。从理论上讲，红松是小兴安岭树种，不适宜在这苦寒之地生存。但30多年前，七星山脚下一个叫杨更远的林业工人在这里发现了两株红松，引为奇谈；后于1987年死去了一株，目前仅有一株存活下来，成为漠河的独特风景，受到游人的普遍关注。关于它的来历，没有人能说得清，有人猜测是小鸟吞食树种后，将树种排到了这里，使其落地生根发芽；还有人说是西伯利亚红松呈岛状分布，众说纷纭。但出于人们的喜爱，人们为它起了个美丽的名字“飞来松”。

如果把中国地图比作一只金鸡，北极村就在鸡冠的尖上。如果站在北纬53.5°的边境线上，面南背北，展现在你面前的便是泱泱中华的整个版图！

我呆呆地依偎在“神州北极”的界碑旁，贪婪地欣赏着眼前这浑然天成的画廊，久违的释然、宁静又重新萦绕在我的心头，北极村犹如一位袅袅而来的妙龄少女，恬淡、自然、淳朴；略带羞涩的双眸，让人看上一眼就无法忘怀她的美丽与善良，忍不住想与她呢喃私语，相守相伴。这不正是我一生寻找的“采菊东篱下，悠然见南山”的田园梦吗？

来到这株被誉为“飞来松”的红松树下，仰视着秋风中悠然舒展的松枝，我感动，我震颤，我敬佩你的坚韧和顽强，更敬佩你的超然和飘逸，作为大兴安岭林海中唯一的一株红松，独在异乡的生命是否也有过几欲窒息的日子？你沉默着，只是用你挺拔的英姿，向世间诠释着另一种生命的存在。是啊，你的存在就是你的价值，不论这一生的风景是否有人关注，你用自己的存在影响着别的生命就已经足够。

如今你终于迎来属于自己的季节，却悠然自得，没有浮躁，没有愁怨，依然与山为伴、枕水而眠，从容、坦然地与樟子松和落叶松们和谐相处，一起经历生命的花开花落，一起装扮、回报这接纳并养育了你的青山碧水。

美丽而神奇的北极村，缕缕松香，丝丝凉意，令人神清气爽，心旷神怡，多姿多彩的生命符号让人流连忘返，也吸引着无数追梦者来这里编织着一个个江之梦、松之梦、愁之梦、爱之梦。走近北极村，心灵充满宁静。愿这里的所有生命绵延成荫，世世不衰。真诚地祝福你，北极村！

回望前路，待万水千山走遍，我才来这关山阻隔外的国境之北。来之前，我做了很多攻略，都不及在刻有“神州北极”四个字的碑石旁照个相。或许，之前所有的奔波只为了一次见证。因为所有一切自有它的意义所在。

中国北极村，一座意象之中的北城，散落在漠河的石头缝隙里，叠成了山一样高的足痕。于是，村因人而得名，因极北而神秘，北极村也就汇集了人的精华。山解读了人，人解读了山，山人合一，这是怎样一种境界啊！于是，我向着千山万壑挥了挥手，向着北极村的一草一木、一石一水深深地鞠了一躬，我愿我的心如北极村的冰雪一般纯净，如北极村一般无争，如北极村一般洒脱……

仰望华山

爱上华山，源于金庸小说里的“华山论剑”。来到这里，那种剑拔弩张的气势，那种登高望远的情怀，那种英雄豪杰的大无畏气概，便跃然眼前。

怀着对华山的无限向往与深深崇拜，我们来到了华山。仰望华山，顿生无限遐想。是渭南大地的人杰地灵增添了华山的光环，还是华山启迪了圣贤们的心智？答案写在青山绿水间。极目华山，晨曦中的苍山松柏宛若一个个顶天立地的勇士，一拨又一拨的游客向着北峰这座险峰开始了他们的攀登。当太阳跃上山巅之时，仰望华山：形形色色的人流沿着蜿蜒的石阶和游龙般的索道向前、向上。

我们选择了徒步上山。随着山势越来越高，路也变得越来越险峻，尤其到了“千尺幢”“百尺峡”和“老君犁沟”，阶梯与阶梯之间更是成了八十度的角，每一级阶梯只够放下半只脚，人像蚂蚁一样，密密麻麻地在铁链上慢慢挪动。我们手脚并用，匍匐着，弯着腰，抓着铁索向上攀登。借着手电筒的微光，回头放眼望去，壁立千仞的峡谷深不见底，我再次被华山的险峻深深折服。

过了“老君犁沟”，天开始微微亮了，霞光划破了黑暗，一个个峰峦依次从雾中浮出，熹微的阳光穿过薄薄的云层，把光明送上了群峰之巅，太阳从容轻盈地从漫天红霞中跳脱出来。阳光渐渐洒向大地，山脉在阳光的照耀下仿佛随云雾向上升腾，挺立如剑的群峰渐渐露出了峥嵘，薄雾笼罩下的华山犹如仙境一般。此时我深深地吸了一口气，欣赏着华山的秀美。世间的珍奇异景常在险处，往往只有坚毅的探索精神和不畏劳苦的攀登，才能一览美景。

中午十二点，我们终于登上华山的第一座峰——北峰。北峰四面悬崖，上可观浮云，下可览大地，一峰独秀，犹若云台。在研究了地图之后，我们决定上东峰。此时太阳已经高高升起，气温也很适宜，经过了狭窄的“擦耳崖”、陡峭的“天梯”和“苍龙岭”，闲聊之间我们不知不觉便抵达了金锁关，石梯两侧的铁索上系满了大大小小、形态各异的金黄色的锁。据说这种锁是人们期待保平安的，只要把祝愿的话刻在锁上并系在铁索上，就能够许下保佑平安的愿望。我们带着金锁继续攀登，最后把它挂在了东峰的杨公塔下，让日月来见证我们家庭的和睦平安、人生的幸福美满、事业的成功发达。在东峰上，有一块悬石，悬石下便是一望无际的深渊，上连苍穹，下接大地，把华山奇险的特征体现得淋漓尽致。环顾东峰一周，四处长满了巨桧、乔松，浓荫蔽日。在松林下转战南峰，无疑是一种美好的享受，一阵微风拂过，阵阵松涛在山间回荡，这大自然的天籁令人心旷神怡。

南峰是华山之巅，以巍峨之势笑傲群峰，站在南峰上可以把群山尽览，远可观望如丝如缕的黄河和渭河，近则可以俯视那如帛如绵的关中平原。也只有站在南峰上，才能领略华山的高峻与雄伟。在领略了南峰的雄奇之后，剩下的西峰就近在咫尺了。

走在笔直如削的西峰山脊上，稍有一丝困乏和松懈，便可能跌入万丈深渊。虽然此时我们已经极度困乏，但永不放弃的精神依然支撑着我们。华山的西峰本是最秀气的峰，一块巨石浑然天成，四周的绝壁似刀劈斧削，使西峰有了阳刚之气，最奇的还是要数山顶上一块被拦腰截断的巨石，传说这是当年沉香劈山救母时留下的，虽然这是神话，但大自然的鬼斧神工叫人惊叹不已。

来到华山论剑处，仿佛看见当年武林人在此奋力搏杀；听着山底松涛怒吼，仿佛听见武林人气壮山河的呐喊声；攀爬悬崖峭壁，仿佛看见武林人飞檐走壁的敏捷身姿；遥望白云蓝天，又仿佛感受到了武林人的壮志凌云与男儿情怀。华山因为武林人而倍显雄浑与亲切，武林人因为华山而倍显高大与伟岸。

武林人凭着对中华武术的执着追求，身处大山，与世隔绝，辛苦磨砺，吞噬孤独，云游四海，寻觅高手，以求达到“打遍天下无敌手”的最高境界。华山没有遮掩，就像武林人一样坦荡与耿直；华山没有纷扰，就像武林人一样执着与坚韧。华山只有刚直不阿与坚韧不拔，只有默默无闻与雄浑博大。武林人在这里修炼，在这里成长，磨炼着意志，打磨着性格，修炼着品德，练就一身高超的武艺与一副铮铮铁骨。经年累月，一个江湖硬汉，一个武林高手就会展现于众人眼前。此情此景，我不禁惊叹金庸把华山和武林高手融于一体，是何等高明。“会当凌绝顶，一览众山小。”黄山之美、泰山之雄、衡山之秀、恒山之奇、嵩山之绝都引人入胜，但它们显然都不符合武林人的个性，只有华山的险峻与爽直，才是对武林人最好的诠释。站在华山之顶，豪迈气概与博大胸怀便了然于心，这正是武林人想要的情怀。

历时十六个小时，我们终于登完了华山东、西、南、北四峰。在领略完华山壮美雄奇的美景之后，我们露出了欣慰的笑容。夕阳渐渐染红了天边，我们选择了乘缆车下山。坐在缆车上，华山雄浑粗犷、险峻陡峭的画面尽收眼底。四周群山环抱，笔直的山峰直插天际。山上没有黄土，也没有绿荫，仅在石缝处稀疏地点缀零零星星的小草，一座座直戳戳、光秃秃、白花花、赤裸裸的山峰伫立面前。山似刀劈，壁如剑削，巍然伫立，刚直不阿。

岁月如梭，大浪淘沙，多少英雄人物消逝在历史的长河中。但他们的名字，他们的英雄气概，像华山一样，伴日月长存，与山河同在。

此次华山之旅，让我感悟最深的是华山松顽强的生命力，这些松树生长于花岗岩的石缝、崖壁之中，根茎下看不到一丝土壤，但这些松树依然茁壮成长，枝叶茂盛，四季常青。其顶风傲雪，不屈不挠的铮铮铁骨叫人赞叹，使我感受到了大自然的神奇和人类的渺小。大自然的奥秘无穷无尽，人与天地万物之间，彼此的存在都不是为了主宰或征服。人与自然永远互相依存，只有遵循规律，坚持真理，人与自然才能和谐发展。

巍峨华山，是一座美丽的山，是一座神奇的山。山之旷野是那孕育历史、繁衍儿女的关中大地。多情的渭河水千百年来流淌不息。华山是一座令所有游客都竖起大拇指的山。

法门寺之行

一路风尘仆仆，我和婆婆一行来到宝地法门寺。即便细雨霏霏也阻挡不了我们前行的脚步。我着一袭及脚踝的素色衣裙，垂直的黑发，显得素净美丽。从踏进寺院起，内心便空静如山，浮躁皆无，有着不可思议的安稳。

那一刻，我真的排除了所有杂念，心存美好，像是真的与神灵沟通。我双手及地，手掌朝上，缓缓叩首、起身，再叩首、再起身。三拜神灵。简单的三拜，几秒钟间好像有了涅槃重生的喜悦与轻松。

也许见我面善，膜拜的路上，不时有江湖术士来给我说教、开光，无非是让我掏钱给他，我莞尔一笑，不去理会，我想：方丈也不愿看到门外的那些人借着方丈的名头招摇撞骗吧？既然阻止不了，不如莞尔一笑。

法门寺在不同时期都出现过舍利发出灵光的现象，人们只能通过自然科学来解释。对于大自然，人类了解得太少，还有很多无法解释的存在。也许真的有我们不知道的力量与生命与我们一起生息着。对于自然界中不了解的，我不去妄加评论，保持着一份敬畏之心。

每次出行，如遇佛家圣地，不管此处香火怎样，我都会绕过众人，独自在佛像前静默站立几秒。此生，只希望自己能了然生活中那些无谓的喜怒哀乐。

清代老宅

村里现存很多清代古宅，最具代表性的是村东老街上东西并列的三家老宅。保存较好的是最东边的一户老宅，建造于清咸丰年间，呈四合院布局，砖石土木结构，院落宽敞，老宅门口铺设着青石地板，房梁上还有一些纹饰、书法和雕花，这说明当年居住人的家境是比较殷实的。现在住在老宅北屋里的是85岁的崔保京老人。据老人介绍，他的祖先勤俭持家，树立了好的家风，成为村里的富户。

老石臼与老泉

现存于螳螂河南岸的老石臼，高100厘米，上口大，外径100厘米，深60厘米，壁沿厚20厘米；下部小，呈半球形，像一只放大了若干倍的茶碗，足有1吨重，用花岗岩石做成。它是用于该村村民加工粮食的，石臼的舂杵已不复存在。该村人称舂杵为石臼柄。石臼的主件是一根圆木棒，顶端装着一块圆麻石。抡起圆木棒，圆麻石就能把石臼中的粮食舂碎。建村之初，本村的粮食加工就靠它。它由村里的祖祖辈辈传下来，已经有600多年历史了。

老泉位于村东山根下，所以又被村民称为东泉子。泉水常年喷涌不断，后经村民用石头砌成浅井状保护。自来水工程未实施前，本村人都要到这里挑水饮用。现在，很多村民仍然来这里挑水。有水处，必有人家。当时，村民选此地居住主要是奔着这口老泉，村东老泉哺育了该村世世代代的百姓。国民党时期，吴化文七十四师在此驻扎。有一个杨营长曾准备在老泉北边的大青石上刻字记载，大青石的底子已凿平，因战事吃紧，此事便搁置了。当时准备刻碑的大石头目前仍在原处。

观音庙与石阁

观音庙与石阁位于村南螳螂河南岸50米处的观音庙，最早建于清道光三十年（1850年）。主殿3间，坐北朝南。南北宽4米，东西长10米，内塑观音神像。殿由青石、黑砖和灰瓦建成，殿顶及殿檐的四角镶有飞禽走兽，气势恢宏。整个庙宇占地110平方米。后经3次大的修缮，始成现状。每年的农历六月十九为一年中最大的香火日。

村南观音庙相邻处，建有一座高5米、宽4米、厚1.2米的大石阁。石阁上部为半圆形状，用大青石悬拱而成；下部为长方形。石阁上方有一块大青石，面向东边河流的一面刻有“水环”二字。每字20厘米见方，苍劲有力。该处记载着河水环绕村庄之情况。石阁最上方建有财神祠，高80厘米，宽70厘米，玲珑别致。祠下的一块青石上记载着创修石阁及财神祠的情况：中华民国二十三年甲戌冬，首事郭玉松倡修后街石阁顶建财神祠于其上，善举既发，无不乐从捐工、捐物。

竹泉村吃货节

夏天竹泉村美食节的狂欢，撩拨起一段快乐的时光，从麻城开往沂南的车，载着一家人对竹泉村的向往。一路风尘仆仆地赶来，擦拭去岁月里的尘埃，一颗走出俗世的心，轻轻沉沦，不再重复着过往的任何片段，就如一方沉默的古砚，一点水，就能慢慢洇开远方的每一个梦……

走进竹泉村，一种怀旧的气息扑面而来，迷离间，各种美食的诱惑让人垂涎欲滴。唯有美食不可辜负，吃货的世界有诗，有远方，竹泉村里味道的故事随着味蕾慢慢在延伸……

吃货的世界里是没有什么热量不热量的，只有好吃与不好吃。总是觉得自己曾经来过，似乎有许多熟悉的细枝末节的记忆，很遥远，仿若是一个梦，轻轻被搁浅在岁月的一角……

一座村落，定有一份厚重的积淀，每一处的风景，涵盖了太多人文的意蕴，一处处石砌的小房子，错落有致，竹篱环绕，独具质朴，有阳光透过，那斑驳的光影，诉说着风雨里曾飘摇过的沧桑，耐人寻味。而各色美食，就在这错落有致的村庄里分布着。

推开一道木门，我仿佛看见一段曾经被遗忘的年月，仿如一首小诗，记载着一段如水的曾经。穿过红尘的暗香，我似乎看见一盏油灯、一扇轩窗，还有一个穿着红衣、梳着一对长辫子的姑娘端坐在窗前静等晚归的夫婿。桌上，放着用绿色芦叶包着纯白糯米和红色枣子的粽子，仿佛米团里嵌着几颗深红油亮的玛瑙，很好看。

一丛丛斜竹，挺拔青翠，或依偎在每一个角落里，悄然细数着那些淡淡的念想，静候着每一场遇见；或林立于道路旁，倾听着竹林七贤长醉时，那些逍遥飘逸的乐章，散落着，吟唱着，消尽一段如雪经年；或悄然地站立着，成就红尘里的雅客，等你回眸，上演一场关于风月的游园惊梦……

灌汤小笼包就那么悄无声息地待在那里。拨开小笼包的面皮，可以清楚地看到丝丝黑白的蟹肉和粒粒金色的蟹黄密密地镶嵌在肉馅里，口感十分美妙。小笼包的皮是薄薄的，甚至都透亮了，张嘴咬一口，里面鲜美的汁水流入口中，那浸了汁水的肉团，不肥不腻，入口爽滑……那真叫美！

记得郑板桥是最喜竹的，他在深秋的日子，取一枝清瘦的竹，秋风江上作鱼竿，那种潇洒快意的人生，真是羡煞旁人啊！苏东坡用竹笋和猪肉一起炖，在一次美食宴会上，苏东坡信手写下了一首打油诗：“无竹令人俗，无肉使人瘦，不俗又不瘦，竹笋焖猪肉。”

顺着人流，我们来到了烤肉区。这地方可真有意思！烟雾袅袅，美女帅哥边跳舞边烤肉，快乐得不亦乐乎。看着看着，我也不禁扭动身体跳了起来。

粉皮卷什锦就在眼前。匾里的淀粉是早就洗出的，黄瓜条是新切的，沂蒙山的大葱、胡萝卜丝、生菜、黄豆酱被悉数放入粉皮内卷起来，入口，唇齿留香，让人吃完还想再吃。

吃完后，我扯一竿竹，站立，让自己成为这里的风景，与竹林青山对视，青山为骨，白云为心，明心而净魂，这种邂逅，以一种膜拜生命的姿态，在我的世界里，定格为绝美、永恒！

如果说竹是竹泉村的灵魂，那么泉水则是其生命。一口被石头砌成的四方泉眼，汩汩地蹿着水花，日夜不停，敲打着村巷的宁静，仿佛一首老歌，轻轻地弹唱起前生今世，那些曾被年轮打磨掉的光阴啊，是否也随着这歌声，渐行渐远？

我坐在彼岸，吃着烧卖，烧卖里碧绿的颜色，通过蒸熟后薄如纸的面皮透出，犹如翡翠一般。轻轻地咬上一口，皮一碰便破，吃到里面由虾仁、韭菜和鸡蛋制成的菜茸，爽口清润。吃下去后嘴里还充满虾仁的香味，真可谓唇齿留香。

任凭竹筒随意点拨，打捞着那些流失过的时光，而我静静地咀嚼，轻轻地回味。

极致的美食，总是藏在恰当的季节里。有些美味过了时节再吃滋味便大打折扣，已有隔世之感。

清凌的泉水泠泠地流过石板，滋养着，浸润着，流向远方。我看着那顺溪而下的泉感叹不已，紧紧握着婆婆的手，且行且珍惜！风车在霓虹灯里绚丽多彩，水里小船摇曳入西陵，仙气袅袅。我拉着婆婆的手漫步在四周，顿感心灵清澈，流淌过的音韵，清脆如琴，拾捡起儿时的记忆……

接近十点，夜晚的竹泉村，有着别样的淡雅，褪去了白日里的喧哗，她是安然宁静的，大红的灯笼，温润着那些遗失的旧梦，不管走在哪里，总能有竹与之相依，不觉孤单。泉水的声音，在安静的夜里，更为清脆，如歌如诉。薄薄的烟雾笼罩着石板两岸的草儿、花儿，时时夹杂着迷人的郁香，令人如入桃源仙境。

美食和风景，可以抵抗全世界所有的悲伤和迷惘。吃美食是一种幸福，品美味是一种情趣。美食的浪漫，会让你沉迷于此。最称心的美食只会在民间，在市井的街巷里。

在文人雅士眼里，生活处处是华章。在吃货眼中，食物个个是美味佳肴。岁月就在这般岁岁年年好时光的期盼中缓缓流淌。

美丽的竹泉村，我在傍晚来临，我在深夜离开。人间烟火气，最抚凡人心。

大美泉庄

泉庄，美在自然

早就向往泉庄之美。

朋友转发给我的“天上王城·天下泉庄”全国散文征文启事，立刻变为我成行的动力。

从济南驱车180公里，我进入了人文厚重、文明璀璨的神话泉庄——山东省首个乡镇整建制全域AAA级景区。“无论来自何方，泉庄就是故乡”十二个大字让人感到温馨亲切，我自然而然地成了泉庄一员。拜谒了天上王城，穿越了山川，游览了千泉汇流的马莲河，一行人对泉庄之美连连赞叹。但我却是另一番心境：天下泉庄确实很美，但泉庄的画龙点睛之笔在哪里呢？

汽车继续前行，在峰回路转的瞬间，高山、河流和田野同窗，我眼前一亮，怦然一动，心里豁然开朗——泉庄之美，美在自然。

泉庄，美在山峦

岱崮地貌，主要由巨厚的石灰岩、砂质页岩等岩层组成，部分岩层含有大量海生生物化石。蓝天白云下，群山连绵不绝，雄浑奇特的群崮之间，奇峰峻岭，逶迤起伏，峻崖峭壁，重重叠叠，突兀的山峦是那样挺拔、俊秀、巍峨、险峻。拥有“世界第五大岩石地貌”的沂蒙群崮争辉斗艳；被誉为“中华第一崮、沂蒙七十二崮之首”的纪王崮，与东汉崮等几十崮一同，如刀削斧砍般地高耸云端。北宋文学家苏轼描绘庐山的绝句“横看成岭侧成峰，远近高低各不同”，时隔千年，类似的景象又在泉庄展现。早晨，朦胧的远山罩着一层轻纱，影影绰绰，在缥缈的云烟中忽远忽近，若即若离，像大海的波涛，无穷无尽地延伸到遥远的天际，消失在那云雾弥漫的深处。当红日从万山丛中冉冉升起，万道霞光染红天空的时候，连绵起伏的苍青色的群山都被红色笼罩着，一座叠着一座，有的高耸入云，有的逶迤伸展，有的像飞腾的龙，有的像偃卧的虎，千姿百态，风情万种；远看仿佛发黑的云彩，一朵接着一朵，使人振奋。而“透明山”这一独特景观，就是巨岩在侵蚀、崩塌和风化等多重动力作用下，洞穿而成。泉庄的每一块石头都有一个故事。矗立于西大崮山峦之中的纪国古都的故事，就是传颂千年的“山在城中，城在山中”的故事之一。

泉庄，美在水中

“无山不奇，无水不秀”，相比于岱崮地貌的群山，泉庄的水也毫不逊色：幽深峡谷，密林深处，清泉汩汩，阳光洒照，光影如幻。站在悬崖峭壁之上，俯视深壑浓浓的绿色，倾听着飞瀑的轰鸣和盘旋天空的山禽的啼叫，心灵得到陶冶与净化。我生活在泉城济南，对泉水情有独钟。泉庄也是因泉而得名。泉庄拥有丰沛的水脉，形成了常年不涸的千眼山泉：响泉、碗泉、饮马泉、马蹄泉……每一滴泉水都经过了山岩石砾的无数次滤清，浸泡过山涧丛林里的花花草草。涓涓的泉水穿越崇山峻岭之后，汩汩流淌着，汇集成奔流不息的小溪。捧一捧山泉水，喝到嘴里，清清的，冽冽的，甜甜的。

青山绿水之中，条条小溪倒映着峰峦叠嶂，农舍绿树……泉庄犹如百里画廊，更像一首朦胧的诗，一支悠扬的歌！泉庄人以泉为生，以泉为美，以泉为荣，真可谓“一方水土养一方人”啊！

泉庄的泉，汇集一条条欢快的小河，那飞流直下的瀑布，是它地裂般的怒吼；那汩汩的泉水，是它优美的歌喉；我更喜欢那清幽的山泉。它们吸天地之灵气，又把清凉带给了大地；它们汲日月之精华，又把甘甜带给人间。那清凉的水带给人们快乐，带给人们凉爽。千峰环野立，一水抱城流。泉庄的水之美，在于其烟波浩渺，澄净如练，瀑流飞逝，涛叠浪涌。

泉庄，美在田野

林果业是泉庄的支柱产业之一。站在山巅，放眼望去，层层叠叠的果园造就了泉庄一道道亮丽的风景线。春天，百花盛开，蜂飞蝶舞，好像《诗经·周南》里描绘的“桃之夭夭，灼灼其华”般的芳香世界。无边的桃林婀娜多姿，风光迷人。粉红色的桃花娇羞烂漫，一朵紧挨一朵，挤满了枝丫，挂满了山坡。远看，宛如一片片朝霞，又像一片片火烧云。置身桃林，微风袭来，花香弥漫，令人愉悦欢欣，心旷神怡。到了风吹花落的时节，那片片桃林仿佛又成了“红雨”飞扬的世界，纷纷飞落的花瓣好像传说中的“花瓣雨”。秋天到了，硕果遍地，琳琅满目：红红的苹果，躲在茂密的绿叶中，像是小朋友的笑脸；黄黄的梨子，挂满树枝，像是一盏盏金色的小灯笼；串串的葡萄，又像是一颗颗的珍珠……在收获的季节里，金灿灿，绿油油，黄澄澄，红彤彤，各色果实饱满诱人，令人垂涎欲滴……而最为吸引游客眼球的是那漫山遍野的山楂，圆圆的，鲜红欲滴，没有一丝掩饰地从枝叶间飞出，一个挤一个，活泼可爱，挂满了枝头，压弯了树腰，令空气中弥漫着一股酸酸甜甜的味道。

春天，山楂树上开满了美丽、洁白而又明媚的小花，在绿色叶子的衬托下，显得格外美丽、娇艳。山楂说红就红了。在十月朗阔的天空下，果子们挤来挤去，一个挨着一个，或落在地上，或悬在空中，到处洋溢着喜悦。

秋天，山楂树上鲜艳的果实，使人心旷神怡。这个季节山楂果是最美的，虽然它没有苹果的甘甜、梨的芳香，但它的鲜红带来吉祥。我们把这些果子摘下来，卖给做冰糖葫芦的人。在他们手中，山楂就会变成香甜可口的冰糖葫芦。

泉庄，等你来发掘更多的美。

西安古城墙之恋

我倾情于西安的古城墙。

长安自古是帝王都，这里是中华璀璨文化的荟萃之地。无论是陕西历史博物馆内的历代瑰宝之奇，还是孔庙碑石林立的书法之美；无论是秦始皇陵的兵马俑之雄，还是蓝田猿人半坡村之古，还有那些城墙、护城河……都使人心驰神往，民族自豪感油然而生。

护城河清河泛碧波，鱼翔水中天，城楼雄峙，燕啾飞檐。堤岸边处处可见垂钓者，城墙上晨练者也络绎不绝；暮霭的绿树丛里，热恋情侣的窃语倩影，学童背诵课文的朗朗声，入诗入画，痴了花儿，醉了鸟雀。

登上城墙，静态的古迹，激活动态的文化魅力，如果你有幸欣赏隆重的“仿唐迎宾入城式”，参与城墙上火树银花的上元灯会，那么你便会沉醉在欢歌笑语中。那情景岂是用壮美的词语能描述的？

夏秋之际的护城河畔绿荫如盖，可以消暑纳凉，也可以心乘纸鸢去瞰南山。古城墙静静地矗立在那里，平和不争，富有内涵。苦难中的温情和浮华时的低调都隐在淡淡的笑容里，不亢不卑，只有近在咫尺的历历碑刻。

古老的城墙述说着几千年的历史，印证着日月变换的时代。去西安一定要去感受一下西安的古城墙。

倾城之恋　情迷流苏

因为一本书，爱上一座城；因为一座城，留恋一处风景；因为一处风景，邂逅一段感情；因为沉迷流苏，从而痴爱这里的一切。

——题记

一

我初识流苏是因为张爱玲的小说《倾城之恋》。乍一看以为是个美丽的爱情故事，看过方知“倾城”二字并非指传说中的绝色佳人，而是指一座城的颠覆成就了两个人的爱情。《倾城之恋》中白流苏给我留下了深刻印象，且不说人物性格、时代背景和剧情的沧桑，只是那一袭旗袍、花色阳伞和回眸一笑，江南女子的美便刻在我脑海里挥之不去了。那时看到流苏，我对爱情产生了更多期待，对人情世故有了更多的坦然，对生活增添了更多的平静，不知不觉处事都像流苏那样淡淡的，淡如一杯清茶……因此，流苏就成了我心头的朱砂痣。

流苏，这两个字让你想到了什么？是那个叫作白流苏的女人？还是那和蕾丝比美的饰物？你见过流苏吗？

流苏，我们通常认为是“穗”的意思。可以是丝线、羽毛、布条，甚至是线串珠子等，可以装饰在很多东西上。流苏一般多见于较古典的服饰和装饰器物上。箫、剑、玉饰往往都装饰有流苏。

而我接下来说的流苏是一种花的名字。流苏，又名四月雪或者萝卜丝花，每年初夏盛开，满树白花，如覆霜盖雪。流苏花洁白无瑕，像不食人间烟火的仙子，超然尘外；花形优美，如古代仕女衣服上的流苏，故得此名，极具美感，既飘逸又圣洁。

流苏树，又称茶叶树、四月雪、牛筋子，由于流苏树的小花含苞待放时，其外形、大小、颜色均与糯米相似，花和嫩叶又能泡茶，故也称作糯米花、糯米茶。流苏树是落叶灌木或乔木，属木樨科，高可达20米，是地球上现存最古老的树种之一，国家二级保护植物。它花如浓云，洁白如雪，秀丽可爱，香气沁人心脾，是一种很好的观赏性植物。木材坚硬细致，质地优良，多用于制作算盘等；嫩叶可当茶叶，作饮料；果实含油丰富，可榨油，供工业用。流苏树适宜植于建筑物四周，或公园中的池畔和行道旁；也可盆栽，是名贵花金桂的砧木。流苏树的芽、叶亦有药用价值，总之好处颇多。

现在的流苏大多是近些年栽植的，有些地方的流苏树虽然树龄长，但只有几株。在南博山镇郑家庄村的南山上，却生长着一片树龄几百年的流苏树。这座山上的流苏树有近百棵。每当四月底至五月初，流苏花如期绽放，满山流苏洁白如雪，银装素裹。洁白的流苏与粉红梧桐花、红瓦房相互映衬，简直就是一幅多彩的图画。这些流苏树是我们淄博地区的稀有资源，更是村里几代人保护环境的结果。

初夏时节，高大的流苏满树白花，微风吹过，花香四溢，摄人魂魄。别看它们平日不显山不露水，但花开时节，却美“动”全城。

二

林徽因在《你是人间的四月天》中写道："你是四月早天里的云烟，黄昏吹着风的软，星子在无意中闪，细雨点洒在花前……你是一树一树的花开，是燕在梁间呢喃——你是爱，是暖，是希望，你是人间的四月天！"

我说，流苏，你是人间的四月天，你洁白如雪的花朵点亮了这个世界，如轻灵的天使在春光潋滟中飞舞。

第一次遇见流苏花开是在孟府，当时我就被震撼了，呆呆地看了又看，走一步，退两步，不忍离去，赶忙举起相机，拿出最专业的技术，将镜头调了又调，把照片拍了又拍。流苏的美不可复制，相机无论如何也拍不出流苏的花魂。

就是那次孟府里的流苏花开，让我怦然心动。流苏树下，他曾说待花开之时，方可相遇；我在树下许下心愿，等它绽放。他曾说待春满天地，方可相知；我在流苏花下等岁月，唯求见一面。他曾说待四月飘雪，方可相见；我在暮春新夏、柳绿花红之时，终遇知音。流苏是月老，造就一段旷世佳话；流苏是知己，看我日复一日、年复一年地说着思念成痴的傻话。每年此时，流苏花开千年府邸，花韵未央。

欣赏流苏花开也成了我的嗜好，每年四月末五月初，我像个孩子一样翘首企盼流苏花开。

此后经年，我多次辗转峨庄的土泉村、青州的刁庄村、济南、泰安、南京等地去看流苏。在流苏树下静静地看流苏花开，听流苏花开的声音，心平气和地感知花的美。

每年如期赶一场皎洁如玉的“雪”，岂不是美事？看着苍老的树干开出“少女的娇羞”，看着如雪皎洁的流苏花随风起舞，闻着馨香无比的流苏花香，迷醉在流苏花素雅洁净的美好里，真是人生一大幸事。

三

为全面展现沂源之美，沂源县总工会、沂源县广播电视局和沂源县农商银行联合开展“悦读沂源”系列活动。4月28日这天，沂源县南鲁山镇水么头河北村举办首届流苏节“赏流苏览胜境　打造美丽宜居乡村”，旨在让人们感受农村日新月异的变化，用镜头和妙笔描绘“大美沂源”的秀美气质，全面展现沂源县全域旅游发展和乡村振兴战略实施的新成就、新气象。我二话不说，立即报名参加了这项活动。

走进南鲁山，我远远便看见盛开的流苏花，银装素裹，洁白如雪；近看流苏花，细长的花瓣向上绽放，犹如古代仕女衣服上的流苏。清雅的花香一层层地往外散，让居于四周的乡邻嗅到，大家共享流苏花独有的芬芳。流苏是古人对家乡的馈赠。

南鲁山镇水么头河北村近两百棵流苏树开花，点缀着无边春色。这么纤细的花，近看似丁香，远望似雾凇。流苏花吸引着众多游人参观并拍照留念。巨大的树冠上时不时有鸟儿飞进飞出，站在树下只听到叽叽喳喳的鸟鸣，抬头却望不见一只，鸟儿似乎在跟你捉迷藏。各种不知名的小鸟在树上安家，古树成了鸟的天堂。梧桐花的芳香与流苏花的清香混合在一起，更是沁人心脾。

我轻轻提着裙裾，与清风和吟着古老的诗句，一路走来，仿佛穿越古今。

静静地细看，流苏花花瓣纤细，洁白无瑕，清丽可人；垂下的流苏花被风轻轻撩起，每一片花瓣都像在伴着美妙旋律起舞，奏响了春末夏初的“最美音符”。从空中俯瞰，流苏树巨大的树冠覆盖了整个院落，却不显一丝的张狂之气。阳光透过摇曳的流苏花，给山村添了一分浓郁的诗情画意。

据了解，我们山东淄川的峨庄乡土泉村有一株被誉为“山东之最”“齐鲁树王”的千年流苏树。经专家考证，此树已经有上千年的历史，树形之大，树龄之长，为山东第一。被山东省林业厅命名为“齐鲁千年流苏树王”。据村民讲，张家溜的流苏树历史也很悠久。流苏园附近曾是元代的一片陵墓，残存的墓碑上面就有要村民保护流苏树的相关文字。老树虬枝，树冠巨伞，翠叶覆雪，微风袭来，清香悠悠，正可谓“树覆一寸雪，香飘十里村”。万林深处一回身，翡翠波中一段云。千年风霜雪雨的滋养，千年日光月光的淘洗，风拂过，将流苏花阵阵的香吹送到心里来。

记得小时候，春天来临时，我时常口角生疮，眼睛红肿。母亲时常用山泉水煮流苏叶给我喝。茶水甘甜，透着一股清香，一口下去，顿觉神清气爽。母亲说此茶清热解火。我们都称流苏树为神茶树。我寒暑假回家时，母亲总特意煮上一壶有童年味道的流苏叶茶，让远离家乡的孩子始终记住她的味道……

四

流苏树下，村民古道热肠，街坊大妈敞开家门让我们登梯到房顶拍摄，还让我们进屋喝流苏茶，拿出自家水果、煎饼果子让我们吃。神树生灵泉，灵泉育良民。据说，淄博峨庄著名的千年流苏树下，也有泉被命名为“流苏泉”。植物与水，树与泉，相伴相生，亘古不变。因为有泉源，树得以千古；因为有树，泉得以常涌。

流苏树还有一个有趣点是此树雌雄异株。拿银杏树作为例子，不知各位秋天可否注意到，银杏并非颗颗结白果，不结果的即为银杏雄株。流苏树亦是如此，只不过开花时看不出，要等到开花后通过观察其有无果实判别。秋季，果实由绿色变成蓝紫色且仅有绿叶而无果实者为雄株。

流苏花小巧的花儿紧密地、笑意盈盈地围绕在一起，犹如祖国人民紧紧围绕在以习近平同志为核心的党中央身边；繁茂的花冠在深深庭院中，庇护着流苏花下的子民……流苏花树经年的美丽，让我既感动于她的魅力，又痴迷于她的浪漫情怀……

爱情这个古老而又经典的话题，从来与花结缘。就如玫瑰花代表爱情的浪漫美好，百合花代表爱情的纯洁高尚，月季花的花语是真爱永恒，茉莉花的花语是忠贞、真挚的爱……而流苏花则代表醉人的恋情，浓浓的思念。在枝叶繁茂的流苏树下，欣赏着如雪的花儿，醉心于她的纤细、秀丽、可爱，举起酒杯连着花香一并喝下，有一种沁人心脾的感觉，恍惚间这花儿，这朵儿，就是你心底青睐已久的人儿……

从文学角度来看，流苏给人以消极、无奈和落寞的感觉。崇尚美好、热爱生活的我们，宁愿舍弃这种消极的看法，情愿相信流苏花的花语是“怀念往事的美好”。

五

记得去年此时，我和闺密一起去赏花。闺密是个颇注重仪式感的文艺青年，带着整套的茶具，在开满花的流苏树下，坐在石凳上，铺开餐布，次第取出旅行茶具，摆好茶垫、茶壶、茶杯，拿出热水壶沏茶，步骤清晰，有条不紊。两个女孩在流苏树下对坐，品茶论道，妙不可言。

流苏花花朵朴雅美丽，不似牡丹、玫瑰的富贵奢华，不似雪莲、冰梅之高傲，但它发于深处的强韧，那展现出的、如雪般的瑰丽，在大自然里沁染出不尽的清辉。

初见到流苏树，就想起李白的《把酒问月·故人贾淳令予问之》："今人不见古时月，今月曾经照古人。古人今人若流水，共看明月皆如此。"月如此，古树如此。人若流水，古树常在。人有兴衰，树有枯荣。人之一生终发白，树之一岁一花开。

流苏花，美而不媚，静静地守在山村的路口。离开时，我突发奇想：清空明月下，这棵古老的流苏又演绎过怎样一段曼妙的爱情故事？

六

最美人间四月天！赏流苏花美景，寻古村落乡愁，是游客的绝佳选择。赏完流苏花，游客们还可以到村里走走看看，观赏土坯房、石板路、关帝庙、地瓜窨等富有乡村特色的人文景观。这里古朴清幽，静谧安详，引人发幽古之思。古朴村落的田园风光定会让你流连忘返，不虚此行。

古流苏树群

水么头村北凤山上现有230多棵古流苏树，被村民视为“神树”。据专家们说，这些树已有300多年的历史。每年春夏之交，这些古树迎来花期。绽放时白色的花瓣像流苏一样飘逸。在村子以南，远远地就可以看见雪一般的树冠，闻到随风四溢的流苏花香气。该村注重对流苏树的保护，已对所有流苏古树登记造册，并派专人看管。

水么头村分水么头河南村、水么头河北村两个行政村，是“山东省传统古村落”“山东省旅游特色村”。村北山与九天洞接壤，东靠鲁山AAAA级景区，地处博沂路沿线，南鲁山镇水么头村在农业方面形成了以瓜菜、畜牧、果品为主的三大支柱产业，近些年大力发展乡村旅游，已经形成了具有当地特色的旅游产业。

在流苏树林的南面有一方池塘，池塘里的水源源不断地滋养着流苏树，使流苏树生生不息。近几年村镇特别重视对古树的养护，到了枯水季节，会及时进行人工注水，保持池塘内的水位。另外，原先村民经常用于乘凉、打牌的老家庙，村里最早的房子，最早的大门和古老的大槐树也都将被保护起来。

水么头村是一个没有喧嚣和嘈杂的村子，这里远离尘世的纷扰，让人感受到一种纯正的乡村田园趣味。听鸡鸣狗吠，看山上晨雾环绕，到百年的流苏树下感受静谧与芬芳，人们能体会到一种恬静的慢生活。

4月28日，由沂源县总工会、沂源县广播电视局、沂源县农商银行联合开展了“寻找春天的足迹”网友采风活动，我们一起走进了沂源县最美传统古村落，观流苏花开美景，寻古村落乡愁故事。

村民自发地组织了很多丰富多彩的节目，展出了县里的摄影家协会作品和书画艺术作品等，并展示了水么头特色商品。

沂源广电网网友们紧接着来到了水么头村河南村，一起感受那里的田园风光。河南村位于沂源县南鲁山镇政府驻地西3公里处。按照市工委将“两史”教育阵地向农村延伸的要求，河南村依托美丽乡村示范点建设，在村民聚居区的街巷打造了206米的“两史”教育宣传一条街，重点展示党史、国史、县史和当地农业集锦。

采风活动结束后，沂源广电网网友们相互交流心得，大家一致表示古村落的一山一树都给他们留下了美好而深刻的印象，同时也受益匪浅。大家带着满满的收获，期待下一次采风活动！

南营的葡萄

为庆祝首个中国农民丰收节，中共沂源县委宣传部官方媒体“掌上沂源”组织20余位记者和通讯员走进南营村，采摘果实，采访果农，共享丰收快乐，共庆丰收佳节！

9月15日，“掌上沂源”采访团走进沂源县悦庄镇南营村，对富硒巨峰葡萄进行相关采访报道，为南营村富硒巨峰葡萄提高知名度、开拓市场、吸引游客，做系列报道以增加果农收入。

我很有幸随之前往。我们九点钟在县广电局院内集合，换上统一服装后出发。本次采访活动由贾兴宝台长带队。南营村委大院用干净整洁的环境和火红的条幅欢迎大家的到来。

大家进入南营村村委办公室开展座谈会，首先由贾台长介绍此次采访主题、采访团成员及采访目的；有关“掌上沂源”的具体情况由电台李真主任着重介绍。悦庄镇负责人齐燕霞介绍了悦庄镇发展情况。合作社负责人王贵山介绍了富硒葡萄发展情况。沂源县商务局驻村书记苗永军代表商务局、南营村村委会，做汇报工作。

南营村位于悦庄镇政府驻地北约1.5公里处，土地面积650亩，人均不到2亩地，村民以种植蔬菜为主。该村是县商务局的帮扶村。商务局领导积极研究上级各项富民政策，认真开展市场调研，利用先进农业科技成果，增加农民收入，利用互联网开展多种形式的帮扶活动。苗永军任该村第一书记后，通过召开村两委、党员及村民代表会议，调查研究，集思广益，群策群力，共同谋划出南营村发展的新蓝图，提出了“特色农业+旅游+互联网”的发展思路；动员村干部注册成立了沂源宸福果蔬专业合作社，申请了“宸福”商标。目前入社户数达到101户，入社土地面积450亩。合作社设在村办公室。实践证明，这种把合作社建在支部和村委的模式，可以增强班子的凝聚力、号召力和影响力。

南营村种植巨峰葡萄已经有十几年的历史了。前些年，果农们重产量，轻质量，没有标准的生产流程，生产出的葡萄质量参差不齐，没有特色，没有卖点，价格也是随行就市，忽高忽低，果农收益难以保障。

如今，他们借助西北农林科技大学的富硒技术，建成了沂源县首家富硒农产品基地，研发富硒葡萄，按照“一村一品”的发展思路，以合作社为平台，以入社成员为主体，以实物补助为手段，以特色产品为卖点，以社员增收为目的，重点培育了50亩富硒葡萄。

6月5日，沂源宸福果蔬专业合作社暨南营村电子商务办公室挂牌仪式在悦庄镇南营村举行，第一书记苗永军和村书记王贵山为其挂牌。

7月18日，悦庄镇南营村百亩“富硒农产品基地”项目开始启动。

如何加快传统农业转型升级，真正实现“种得好、销路畅、收益高”，是南营村委班子和老百姓关心的问题。

座谈会结束后，大家纷纷进入南营村的葡萄园。整齐划一的葡萄架如方阵部队；垂涎欲滴的紫色富硒葡萄就“藏”在“绿色卫士”的怀抱里。

果农秦贞华满脸骄傲地告诉记者，所有的富硒葡萄不用化肥，只用农家肥和叶面喷施硒肥，味道自然独特，穗大粒大，色泽光鲜，天然无公害。

南营村党支部书记王贵山告诉记者，富硒葡萄不仅口味独特，还给南营村的村民增加了经济收入，在原本巨峰葡萄的基础上提升了价格，真正让村民口袋鼓了起来。摘一粒富硒葡萄嚼在嘴里，甜中带酸，酸中带甜，难怪一上市就受到了消费者的青睐。

据了解，硒是人体必需而自身又不能合成的微量元素，它具有抗氧化作用，能增强人体免疫力，可以预防糖尿病、白内障、心脑血管疾病、克山病和大骨节病，具有延年益寿、增强视力以及排毒的作用。另外，硒还能促进淋巴细胞的增殖及抗体和免疫球蛋白的合成，能够防治肝病、保护肝脏，被称为“抗癌之王”“明亮的使者”“心脏的守护神”“肝病的天敌”“天然胰岛素”等。富硒葡萄正是通过人工技术使葡萄达到一定的硒含量，从而成为一种功能性水果，不仅大大提高了其附加值，还带来了良好的经济效益和社会效益。

在田间地头，记者、摄影师们纷纷拿起手机和摄像机，将其聚焦南营村的富硒葡萄。他们饶有兴趣地对南营村的“农业+旅游+互联网”模式进行深入采访，一时间来自南营村的报道“刷爆”了沂源人的微信朋友圈。

一串串富硒葡萄晶莹剔透，粒粒饱满，酸甜爽口，里面不仅仅藏着富硒元素，还藏着南营村百姓的辛勤汗水，它们是村民庆祝首届“中国农民丰收节”的最好见证。

随着人们对健康食品的重视，补硒意识不断提高，各种富硒大米、富硒茶叶、富硒果品纷纷涌现。悦庄镇南营村种植富硒葡萄是大势所趋，更会利国利民。

自2012年合作社成立以来，以健康栽培、科学管理为前提，南营村大力发展无公害富硒葡萄。齐主任说：未来，富硒葡萄必将普及全国。合作社还与中国农业技术推广协会富硒农业专业委员会以及中农硒科富硒农业技术研究院合作，建立富硒葡萄扶贫示范基地，并在“富硒技术、防伪溯源、检测服务、渠道对接”等方面进行深度交流。

自2014年南营村开发绿色富硒葡萄以来，2018年开始全县销售，得到了沂源专家的好评及广大消费者的认可及青睐，后被上海星显集团沂源分公司负责人所肯定，并提出免费为沂源“宸福”牌富硒葡萄做全国推广，利用星显集团先进的管理模式和物联网平台以及遍布全国各个城市的三千多家星显智能健康管理服务中心，把南营村宸福牌富硒葡萄推广到全国各地，让全国人民都能吃到最正宗的富硒葡萄，彻底解决果农销售问题。负责人表示，要让果农一心一意种植好富硒葡萄，打造沂源最优质的特色产品。

沂源县悦庄镇南营村欢迎您带着家人好友前来参观考察，品尝采摘，热情好客的南营人民保证让您吃喝游乐得流连忘返！

沂源县广电局“掌上沂源”及商务局第一书记共同组织的这次采访活动，切实为群众排忧解难，为果农出谋划策。我真诚期待更多乡镇都能如南营村一般改革创新，科技创收，与时俱进，把家乡建设得更加美丽富饶。

莲花山

三月，阳光明媚，生机勃勃，到处都洋溢着浓浓的春意。在这春暖花开的日子里，我们迎来了三八妇女节。2023年3月8日是中国的第100个国际妇女节，为了体现对女同胞的特别关爱，丰富大家的业余文化生活，同时宣传最美家乡，梦佳亲韵公司在沂源地区开展“庆三八，享健康，大美沂源行”活动。

3月8日早晨八点，沂源梦佳亲韵公司客户代表五十多人在公司门口统一乘坐旅游大巴出发，由刘蕾美女主持活动，气氛热烈，大家一路欢歌笑语到达目的地东里。

东里，是一个历史文化悠久的古镇，有西汉时期东安郡故城遗址、隋唐时期摩崖造像、唐朝皇家寺院弥陀寺、宋代李逵打虎遗址和清代闵仲书院等历史文化古迹。

这是一个自然风光旖旎的古镇，依山傍水，景色美不胜收。

我们首先来到九顶莲花山景区，走近有着千年历史的弥陀寺、古银杏树、摩崖石刻。进入寺内，千年银杏树一定会吸引来者的目光。这棵银杏树已有2700多年的树龄，相传是莒鲁会盟时鲁隐公种下的。千年银杏树如今仍然枝繁叶茂，果实累累，真的是凭实力存在的“神树”！这棵千年银杏树陪伴着人们的成长，见证着东里镇的发展，仿佛亘古不变，又仿佛瞬息万变。

随后，我们又来到田园柳舍景区，感受田园生活、生态饮食，并观光采摘，这里主要建有游客中心、青年旅舍、柳沟人家、伴山精舍、民俗街、手工作坊街，以及其他相关旅游配套设施。田园柳舍追寻的正是回归本真的纯粹与质朴，所有建筑就地取材，整体设计原汁原味，乡间的朴拙包裹着现代的别致，既是对传统文化的传承，又是对新时代乡村发展的积极探索。

七月的田园柳舍瓜果飘香，花开十里，人们可以在这里采摘最新鲜的黄桃，看最美丽的风景。

很多摄影爱好者都会去看凌寒独开、宁静致远的梅家坡“风驿花开”农业示范园；去看“接天莲叶无穷碧，映日荷花别样红”的前西长旺荷花池；去看“落霞与孤鹜齐飞，秋水共长天一色”的沂河大桥。摄影师们肆意切换长短镜头，抛洒属于摄影者的那份专注与才华。

走到梅家坡“花开问禅”乡村旅游示范点，这里由东盛梅农业产业合作社（梅家坡村党支部领办）投资建设，主要包括家庭度假公寓、山地精品民宿、滨水花田步道、观光采摘园等。

我们还参观了山东省特色小镇东里“凤驿小镇”。东里历史悠久，文化底蕴深厚，居于“东夷文化”的核心传播区，是“东夷文化”的重要发祥地。一直以来，东里镇坚持把乡村振兴作为各项工作的重中之重，主动迎难而上，大胆改革创新，着力打破农村传统落后思想，激发农村发展活力。

东里镇的每一座山、每一个村、每一汪水都是景点，游客们在这里春可看花，夏可避暑，秋可摘果，冬可赏雪……

希望我们人人都做东里文化的传承者、弘扬者、引领者和发展者，让所有人都能聆听跨越千年的东里文化的回响。东里文化是历史留给我们的瑰宝，传承东里文化更是我们的责任。

如今，东里已是全国重点镇、省级旅游强镇、山东省第二批特色小镇。继往开来，规划中的东里镇秉承“村新、业兴、景美、人和”的理念，致力于建设成为“宜居、宜业、宜游”的现代山水生态小镇。

我们相信，在不久的将来，东里镇一定可以遇到更好的自己。

时光不老，我们不散

《题鹤林寺僧舍》里有这样一句话“偷得浮生半日闲”，就如今夜，我在呼伦贝尔的蒙古包里，记载流年。

流年的焰火惊艳不了今日的眼眸，流逝的光阴辗转不回今时的港口。曾经的温馨时光，只能悉心收藏，浅浅忆，淡淡品，轻轻珍藏在心之一隅，偶尔翻出晾晒，细细回味；今日的苦涩岁月，只能独自承受，默默读，慢慢藏，偷偷咀嚼生活的滋味，留待暮年黄昏，悄悄品味。

人生仅以一程风景，换一场懂得。你左右不了时光，有时候也左右不了心情。生命中的孤独，是繁华过后的沉沦，那些共同走过的风景，隔着山长水远的距离回望，一季花开，依旧暖到落泪。

有一种懂得，不必多惊艳，只淡淡的，如春风化雨，滋润着心田。你不在我的生命中，却牵动着我的悲喜，一份懂得，一种默契，你若懂得，我便心安。

有一种想念，是无声的牵挂，是无语的凝眸，无论你身在何方，都是我心中的柔软，不用承诺，无需对白，你在，或者不在，都会在我生命中幽居。

有一种相知，如影相随，是心与心的相通，是灵魂的相依，是永恒的祝福，即便清清浅浅，也很生动，你若安好，便是晴天。

生命中还有多少相遇，透着暖暖的笑意，在渐行渐远的时光里，填补着生命的空白？在洁净的角落里，临水照花。心里有暖，脚下的路也不会孤寂。光阴改变了容颜，却改不了那些美好的初衷。

人生的路上有多少遇见，虽未曾相见，却一直感念在心底？仿佛相识很久，虽然你有你的风景，我有我的天空，但我们依然会因为某一共识而相知相惜，也许这种感情是淡淡的，你没有走入我的生活，我也没有左右你的人生，但心与心的距离却很近。

这世间必有一种情意，踏着幽幽暗香而来。有一种牵念，是淡淡的美，是山高水远的懂得，是细水长流的陪伴。如若能在懂你的人群中散步，遇见，又何须在最美的年华里？只愿时光不老，我们不散。

泉庄是我无法割舍的情缘

泉庄，于我而言，是一段无法割舍的情缘。

我至亲的大姨，就是远嫁到泉庄的。年少时，我与大姨终日游历于山林中，悠游于山水间，放情于世俗外，对酒当歌，清流赋诗。我们对自然山水均有一种特殊的眷恋，偏执到近乎痴迷，又自然到随心所欲。泉庄如一幅缤纷多彩的田园风光画卷旋轴铺开。粉色的桃花、金黄色的菜花、雪白的梨花……在每一种花的花期里，都缱绻着绝美的诗。诗在泉庄，何必远方？

泉庄与沂源紧挨着，是山东省第一面党旗诞生地、山东省首个长寿颐养示范镇、山东省首个乡镇整建制全域AAA级景区、中国最古老的崖壁城堡印证地、电视剧《乡村爱情》创作地，有“天上王城·天下泉庄”的美誉。

伟岸挺拔的泉庄，有黑虎泉、虎头泉、马蹄泉、塔井泉、响泉、救命泉、胭粉泉……也许是因为泉多而得名泉庄吧。胭粉泉将美丽的传说沉入水底，赠以清冽；洗涤千年的铅华，将往事珍藏。泉庄伸手捧起婉约的时光，每一朵盛放的桃花里都噙着美丽的诗行。清明悠远的胭粉泉宛若母亲的怀抱，哺育滋润着泉庄世世代代的英才俊杰，赋予他们博厚与坚毅，在高天厚地之中熔铸出纯粹典雅、辉映千秋的泉庄人文之精魂！如果你到泉庄来，就走进了皎皎隽永的诗意里。

初入泉庄，感受到的是从未有过的新鲜空气，其中夹杂着丝丝草木的清香，近处的山上正冒着缕缕炊烟，带来最原始的炉灶烹饪食物发出的气味，沿着山路一路前行，沿途是一排挂满山柿子的柿子树，映入眼帘的是层峦叠嶂的群山和丝丝缕缕的白云，仿佛置身于仙境一般。手指轻轻划过粗糙的石砺表面，抬头望去，高大的石门上赫然写着四个鲜红的大字“天上王城”。

进入景区，便看到一株千年枫杨树破石而出。这树与石完美结合成的“石抱树”堪称奇景，率先赢得游人的敬重，风雨无阻地守护着纪王崮。

崖壁下就是凳子门，传说当年纪王流亡到此，就此登顶。这里一层的台阶是直接在悬崖峭壁上凿作而成，逢山开路，开的是一条通往天宇的天梯。依靠自然天险，此处“一夫当关，万夫莫开”的气势扑面而来。

大姨家的村庄散落于山岭泉水之间，村庄里的人们面目干净，仪态安详，生活节奏不紧不慢，过着悠然自得、与世无争的生活。这里崮泉相依，千泉润泽，植被丰茂，负氧充裕，环境宜居，是天然的宜居康养圣地。听大姨说这里现有百岁以上的老人9位，80岁至99岁的老人1717位，可谓是长寿之村。

环顾四野，重峦叠嶂，山川秀美，当年金戈铁马、刀光剑影的历史风云被苍山收藏，那些保家卫国、抵抗侵略者的英雄气概仍在耳边激荡，纪王励精图治的雄心壮志像漫山的磐石一样闪现着坚强的风骨。

片片红叶在峭壁上轻舞，作为舞伴的还有那不知名的黄色小花。湖底泛出的清澈水花便是最美的聚光灯，只为那红叶黄花而闪耀；溪水叮咚，便是最动听的旋律。

如果你不出去走走，就会以为这就是世界。

只有登高一望，才会领略杜甫“会当凌绝顶，一览众山小”的气魄；只有驻足山中，才会感受到鲁迅“躲进小楼成一统，管他冬夏与春秋”的奥秘。泉庄纪王崮，吟则如歌，悠长清芬；观则如画，淡远空灵；思则如梦，飘忽隽永。这种令人偃息尘嚣的自然力量，能让人不由自主地靠近并建立起本来失落的精神家园。归去，不是对躯体的挥手，而是对灵魂的呼唤，是归于宁静的本性，归于清新的田园。重读泉庄纪王崮，使人在林影笛歌中，独逸风雅；使人在短篱秋菊中，静品闲适，从而洗涤一天的疲惫，在美的享受之余，觅得一份宁静和恬淡，这并非对世界的疏离，而是以另一种态度去接近世界的本原。

大姨离开后，我来过几次，不舍得，便回头一望，遇见了你——纪王崮。你笑得光芒万丈，蓦然把我照亮。你回我以灵犀一笑，我便乘着晚风，踏上归家的路。

那山，那水，那片被夕阳点缀的泉庄，此生与你共度，足矣。

乌镇，来过未曾离开

冬日的乌镇，吸引了众多游客前来打卡拍照。游客们穿上唐装，在江南水乡里感受乌镇不一样的美。冬天的乌镇幽静，一曲似水年华，一阕温婉多情。

此时的乌镇西栅，像一个远离尘世的美丽少女，不施脂粉，别有风情；又似幽谷佳人，翠袖寒单，独倚修竹，情调虽太清冷，却更增其悠然出尘之致。夜晚，两岸灯光细碎如鳞，桨声和橹声穿花拂柳，从千百年的岁月里延伸过来。乡愁如诗，一页一页写满风霜，深嵌在西栅的每一寸肌肤之上。

冬天夜晚的乌镇，小桥流水，悠悠船歌，精致得令人心动。走上那古老的石桥，轻轻抚过桥身，手心微凉，带着潮湿的水汽，宛如乌镇柔和的质感，温柔细腻得恰到好处。船缓缓驶过，荡起道道涟漪，隐约可以看见一群群鱼儿嬉戏玩耍，岸边的杨柳被风吹弯了腰，细细的“胳膊”轻轻触碰着河面。

乌镇具有约七千年的悠久历史，京杭大运河在镇外流淌着，纵横交错的内河把小镇分为了东、西、南、北四栅，白天和晚上的乌镇景色不一样，傍晚，反而有更多游客进入景区，就是为了看乌镇的夜景。此时的乌镇西栅，像一个远离尘世的美丽少女，不施脂粉，别有风情。

夜晚漫步乌镇，静谧安闲，悠远古朴。曲曲折折的青石板路因为常年的磨耗而显得光亮平滑，古旧的门楣残雕和斑驳的漆痕昭示出时光的魅力，在典型的江南水乡，水与桥是其最主要的基调，也是最为浓墨重彩的风景。乌镇的美在于其夜景，如黄昏里的一帘幽梦，又如晨光中一枝摇曳的蔷薇，让人流连忘返。

上次来乌镇是在夏天，这次是在冬天，之所以会再次来乌镇也许是这里的美景令我难忘吧。小桥流水人家，船夫摇着手上的船桨，微风拂面，小船与周围的景色相映成画。

冬天的乌镇，河两边不似夏天那样翠绿，但依旧还有一些绿色。乌镇的小桥有很多，我刚好经过一座半圆形的桥，翠绿色的水面映出桥洞的倒影，“小桥流水人家”，在这里表现得淋漓尽致。

走进杓峪村

“走进杓峪村”的想法源于焦波老师拍摄的纪录片《乡村里的中国》。初始，我以为只是平平无奇的纪录片，然而它并没有我想象中这么肤浅。

2012年1月，焦波老师带着临时召集的5个平均年龄不足21岁、没什么拍摄经验的年轻人住进山东淄博沂源县中庄镇杓峪村，拍摄《乡村里的中国》。杓峪村，地处沂蒙山区腹地，全村只有167户，不足500口人。杓峪村名的由来，据说很早以前村里家家户户种芍药，棵棵芍药铺展开来，花开艳丽，所以此地被人称为“芍药峪”。又据该村张氏谱碑记载，这里原名叫“勺峪”，之所以这么叫是因为这里三面环山，山峪肚子大，峪口小，形似勺子状。

村口有一个明崇祯十一年重修龙王堂的石碑，上面写着“大明国山东青州府莒州沂水县沂源乡马泉社杓峪”字样。明代就有“沂源乡”的称谓了，原来杓峪竟然属于沂源乡。由碑文记载得知，因启圣堂毁坏，众人计议于宅东吉处重修，“后有玄武，前有朱雀，左有青龙，右有白虎，后座名山，南有凤凰山，东有兴云山，西有大河，四海俱喜”。

焦波老师来到杓峪村拍摄，不只是因为这里山清水秀、胜似世外桃源，而且这里在明代以前就建有四处庙宇，是一处难得的风水宝地。

五神堂规模较大，占地一亩多，庙内有两座院落。院内曾有一棵树冠占地面积半亩多的赤松树，树干高6米左右，用十二蹬的木梯才能够到树枝，“大跃进”期间将其砍伐，就地解板，树干直径1.7米左右，树枝木板50厘米宽，用于建设县礼堂。五神堂坐落在杓峪村被称作“圆寨山之阳”的山根处，山上早期有三座圆形石头围成的山寨，寨内有人居住，这就是石碑上所说的“后有玄武”。五神堂的前面是凤凰山，因山形似鸡冠，也叫鸡冠山，这里就是石碑上所说的“前有朱雀”。鸡冠山上柏树茂密，曾经有一棵大柏树，锯倒后，躺在树墩头上，两头不露人，可以想见到底有多粗！现还有一株古柏，成为沂源县名古树之一。

村右边有尹家崮和马头崮两座山，两山之间有一条河沟，河的源头就在马头崮山顶，这里便是石碑上所说的“大河”。传说在马头崮上有一头黑金牛，在夜深人静的五更时辰，黑金牛从山上来到山下喝足水后，打个转，又回到山上，这金牛打转的地方叫“野栏峪”，对面叫“牛栏子”，牛栏子和野栏峪中间的河沟叫“牛汪峪”。据说后来南方人在野栏峪里挖金牛，破了风水，金牛跑到金星头，金牛的屎尿便成了金矿。再后来有好多人来金星头淘金，人们为了让金牛再回到老家，专门修建了一座桥叫“金牛桥”。现金牛桥依然保存完好。这就是石碑上所说的“左有青龙，右有白虎”。

杓峪村除了建有五神堂之外，到了宋元时代以后还陆续建有尼姑庵、道士庵、泉水峪庵。据说建造这些庙宇用的砖瓦，就是在野栏峪烧制的。现在杓峪村虽然庙宇遗迹颓废，但焦波老师选择在杓峪村拍摄《乡村里的中国》，我想与这里始终体现了一方故土的钟灵毓秀有关。正是这样的乡村记录了我们乡人的辛酸苦辣，是最宜安放乡愁的地方。

焦波老师帮助村里修了水泥路，那条路被称为“新影路”。现在，由影片里的农民主角杜深忠镌刻、杜庆言命名并撰文的石碑在村头立了起来，以表村民对摄制组的感激之情，碑文是：龙年伊始，岁次壬辰，著名摄影家焦波先生率中央新影摄制组来我村拍摄纪录片《乡村里的中国》。历时载余，居茅屋，卧草舍，争晨曦，送晚月，搜真创妙，精品喻世，教化点悟，文明路也。沂源县政府领导支持筹资筑路，易村容貌，赐福于民。摆晴尘雨泞，脱冰滑雪阻，户通村联，出行方便，幸福路也。众佑福泽，共议此为新影之路。旨欲凝口碑于石碑，刻石记铭，流芳百世。杓峪村全体村民立。岁次癸巳小龙年阳春谷雨时节。

《乡村里的中国》以一年四季为线索，充分展现了中国农村发展的巨大变迁和农民的精神、物质追求等诸多社会现实，既生动有趣，又深刻感人，让观众能够在这密集的水泥牢笼中感受到浓浓的家乡气息。影片放映后，受到观众的一致好评，影片获得国际和国内十多个奖项，一度被称为“中国农村生活标本”。

因为一座城爱上一个人，因为一部纪录片爱上杓峪村。

下卷

牛郎织女相守着爱情

历经千回百转
积攒一世情缘
有生之年遇见你
创诗意栖居之所
牵手共赴爱之约

纬度上的沙尘
经度上的雨水
都是上天注定的缘分
这名为沂源的城
流传着牛郎织女相会的故事

童年的麻城哦
我贪图你细微处的幸福和繁华
迷恋你交通顺畅的小巷和街道
看清晨早起的人们遛狗遛鸟
观各种小贩为生计奔波
苦涩的心情像一杯莲子茶
幸亏有糖相伴
才咽得下生活的苦难……

痛时
你在
喜时
你在
如花盛放时
有你顾盼欣赏
香气愈发醇厚
红落香残时
有你细心爱护珍藏
芳华依然久长

月色微朦
秋虫呢喃
藕香氤氲的日子里
缓缓向你而来……
晃动你生命的荷塘
孤独的心不再忧伤
从此添了很多生命的乐章

共立黄昏后
同醒南麻城
你为我梳理青丝到白发
我伴你青春到耄耋
你为我心疼一地落红
我懂你伤怀夕阳近黄昏

任时光流逝
看烟火人生
无论风雨多么凉薄
只要你的爱存在心间
我就永远无惧孤单
幸福快乐温暖在心间

这一生
除非老去
我们不会分开
除了爱
我们一无所有
你是我的岁月静好
我是你的春暖花开

素色时光里
有一个懂你的人
有一个爱你的人
一生一世地相守着
这一生
足矣

吐鲁番八点不黑天

孙悟空巧借芭蕉扇
成功跨越火焰山
让世人知道了吐鲁番
尝到了葡萄的甘甜

猜不出楼兰古国消亡的谜
看不透交河故城的生土墙
说不尽高昌故城的悲和欢
赞不完的是那坎儿井下奔流的千条河

一片沙漠
一块绿洲
一座丝路重镇

一颗文化明珠
独特的自然景观
山川风物
历史遗迹
文化意蕴
为传奇故事而惊叹
还有无法控制的感动
一草一木
一山一水
一个洞窟
一粒沙石
一湾碧水
一座民宅
一把黄土

暗含着动人的传说
在吐鲁番盆地上行走
一不留神
就会踩到历史的印迹
狂沙淹埋不了的历史印迹

烈日晒不掉的山川痕迹
深刻地铭刻着吐鲁番发展的沧桑
吐鲁番昔日的繁华与喧闹
深情牵动着东方华夏

吐鲁番
一个神奇而厚重的地方
一个狂风吹不走的美丽城市
一个热浪烧不焦的绿色走廊
一个黄沙埋不了的神奇盆地
一个承载着太多沧桑与梦想的古老驿站
一个从古到今滋养着多少远行者的美好地方

吐鲁番
必将在新时代中
焕发出新的精神风采
深深爱你
八点不黑天的吐鲁番

乐山绝世的风景

乐山有绝世的风景
乐山有人间的精灵
乐山有布满星星的夜空
月色如洗
笑那浮华落尽
乐山寄托了我们对自由的向往
千古风流
为报苍天争自由
乐山许你一世天荒地老
乐山
让人们相信生活不只眼前的苟且
还有远方的爱情

夜晚的西宁，美得让人落泪

夜晚的西宁
有寒凉入侵
剥开一片残蕊
依然有暗香袭来
穿着厚重的衣裳
隐隐在庭院之隅
感受西宁的暗香涌动
找寻月光中饱含的深情
不做随波逐流的云朵
就做此时此刻的自己

树影婆娑
摇曳出斑驳的回忆

留白的地方
早已画不出结局
沾满尘埃的双手
泛着点点白皙的月色
在这无声的沁香中
寻得一片未来的剪影
无论情意如何
都要去好好珍惜

执着的青春
荡然无存
有风的日子
撩起一缕发丝
任凭思绪蔓延
任凭情感倾泻
就像我的到来
是否走进你的生命
那全然是上天的恩赐与相互懂得的硕果
高挂在那玄月之上

爱情的冷漠
是因为没有遇对人
人情的单薄
是因为内心的脆弱
曾经卑微地想要掌控全世界
却不知早已是傀儡般束手无策

忽然发现
一个崭新的时刻
在混沌和迷茫里脱颖而出
璀璨耀眼
让我痴迷再痴迷
直到无法离去
所有简单而短暂的相逢
地球终会转回到起点
我要找的这个人
终会在某一时刻出现在我面前

命运的轮回
或许不会为等待的人敞开大门

生命本莫测
就算他写在记忆中
有着浮光的纯色
又当如何
至少
我来过
我们牵手过
我们相爱过
相互拥有过
就再也没有丝毫遗憾

真的开始相信
我遇见这样的你
不再妖娆的流年里
有着默许的清凉与羞涩

记得张爱玲说
如果情感和岁月也能被轻轻撕碎
扔到海中
那么

我愿意从此在海底沉默
你的言语
我爱听
却不懂得
我的沉默
你愿见
却不明白

在玄月下与文字共舞
在满月时把酒言欢
锁住过去
洞开心扉，在你洁白如玉的世界
不舍得走远
就在你的身边
回头凝目
眼里的世界都是你
所有的人都走了
只有我
还留在这里
只因留恋西宁的时空

化隆之恋

在青海化隆的日子里
喜欢在寂静的夜晚落笔
人们怀揣相同的梦想
从四面八方赶来
都有一腔爱之深、思之切的心语
盈满时光的彼岸
我把对化隆拉面的喜欢
折成一幅浓缩的诗卷
在生态庄园轻轻舒展
将相聚时的美好光阴
叠成一笺永不褪色的心念

此后经年
不管初遇还是重见
都要牢记此刻的情缘
无论阴晴圆缺
无论我是否还会起舞翩翩
你是否还会诗词作赋
青海化隆的庄园里
流淌着初见时怦然心动的柔软

爱上化隆
是人生精彩的桥段
尽管相思无限
那也是它最独特的单元
诗人说
这世上所有的爱情
都与相思有染
而我说
别后所有的思念
都与拉面有关
一份念

惹了相思

醉了流年

这段情

只缘于把灵魂留在化隆县

离别之际

若有一层迷蒙的青霭

笼罩于我的眉间

风卷起素笺

思念铭刻在心里

望断时光的彼岸

穿越岁月的烟岚

我怀念的眼神

在泪光中流连忘返

遇见

便是今生最美的缘

爱上

是前生今世的交点

在冥冥中呈现

痴痴地站在黄河边

迎你归来的帆船

思念泻满房间

枕一纸相思入梦

奈何辗转难眠

起身

落一笔爱的依恋

于安静中等你将我的名字呼唤

你思我念

两情缱绻

共寻一处桃花源

花水为伴

有你，有爱，就有家的温暖

化隆的拉面啊

如白月光

照亮曾经的地老天荒

即便我们分开很多年

也会为三餐四季

找一个爱的理由相见

即便彼此隔着万水千山

也甘愿在心怀为这份不老的爱

染指一缕月光的念

将瞬间的美

定格成化隆永恒的念

心相知　情相眷　青海湖畔寻芳缘

那些憋在心里的话
那些扛在肩上的担
那些千头万绪的线
都在见到青海湖时
精神舒缓
心灵靠岸
顷刻间读懂你所有心酸
所有苦乐、努力和心甘

彼此从未见面却都懂得
无须时刻陪伴却能感受
不曾邀约，自有一份心安
不说誓言，永远不会再见

四天的相聚短暂而温暖
因为随意选择了若有若无的联系
或深或浅的交集
本就是心有灵犀的默契

青海湖边散步
可肆意畅谈
也可默然相对
我们一生所寻求的
不外乎就是有人疼
有人懂
与灵魂安宁
一心向暖

成都是一首歌

成都于我而言
只是源于一首歌
傍晚
入住成都国际酒店
闲庭信步去往青亭茶廊沏一壶茶
去街巷走一遭
邂逅的川剧用四川的方言
在每个唱腔中都融入了四川人的辛辣、闲趣与自嘲
通过一部剧
大概就可看到川人的真实面貌

成都的巴适生活
喝茶

摆龙门阵
打麻将
是成都人民的三宝
讲悠闲
哪座大城市能比得过成都

成都有一种容纳的精神
街头巷尾并不难见到豪车的身影
从车上下来的正装商务人士
也会和你一同坐在街边小馆吃面
每个人
都可以自得其乐
目光相遇
便已了然
这就是属于成都的人情味

六婆辣椒粉
火锅蘸碟里的小米辣
废弃工厂改造成的文创园
文殊院举办的元宵节汉服活动

九眼桥下为自己争取到街头艺人证的歌手
是每个去成都的人都会遇到的

成都的小酒馆
初见于歌声里
漫步在玉林路的尽头
仰望着小酒馆
想蹲在门口大醉一场
无奈拥挤的人群踏碎了一腔梦

成都
由种种独特味道组成的城市
静下心来去慢慢洞悉
才能发现故事
一段旅程，一处驿站也是一样
打开的方式对了
味道才能自然流露出来

用心感受城市和旅途的最好方式
是亲眼所见

亲耳所闻

亲口品尝

渐行方见更远是一种人生格局

仲夏嫩绿的垂柳

阴雨的小城

成都

带不走的只有这千百滋味里的情义和气概

旅行之美

不流于寻常

是存于内心的再发现

成都的街头

随处可见的风景

是深留在心底的回忆

茶卡天空一号风景区

茶卡
月印
与梵贝呼应
任思绪流淌
将尘世的喧嚣搁置
做安静的自己
搁浅的愿念
苏醒得那么庄严
宛若初嫁的淑女
遥望茶卡湖
叹人生苦短
感慨一世良缘
一钵

一僧

踏遍千山万水

传播人间真善

世界清新

人心向暖

暖　枫

无论是烟雨蒙蒙的江南
还是白雪皑皑的北方
只是惊鸿一瞥
便是魂牵梦萦
体温保持三九度半
无情的秋霜打落了一地枫叶
那个冬天过早来了
哥哥拉着我去扫起满地打滚的枫叶
弯着腰弓着背，驼起的是满满一大篓的柴火
那个冬天母亲就用这些枫叶
在鏊子上烙下一个又一个圆盘似的煎饼
父亲也会用那些染红的枫叶在屋里取暖
枫叶暖了整个冬天

茶卡湖之夜

月弯如钩
四周寂静无声
化隆的夜
叠加着丝丝清凉的风
将昨天的旧约吹散
又打乱了现在的安闲
此刻的我
静坐在欧莱斯特一隅
挑起时光的记忆
饱蘸时光深处的幽凉
任思念漫卷珠帘
任翰墨泼洒纸上流淌暗香

我们曾经有约
一起去茶卡湖边
青海湖岸
寻找仓央嘉措的初恋……
可我却临阵逃脱
多想与你
牵手花前月下
漫步红尘桑田
共赏清风明月
同话水墨印花
看着你随部队走远
留下静寂的我
沉浸在往事的缝隙里思念

群里美图翩翩
看你们合影留念
美丽的茶卡湖啊
唯你是念
你是我的诗篇
是我一辈子也读不完的书刊

是我今生唯一的爱恋
今世
只愿为你
守怀执着
心生感念
赏遍花开荼蘼
饮醉日月精华
今生今世
只愿与你
左手烟火
右手流年
倾心将你推到世人的面前

今夜的茶卡湖
没有一丝彷徨
带着炙热的温暖
温暖人生的夕阳
从此
执笔与你
醉枕墨香

沂山秋梦

沂山秋梦百花开
一缕清风催人来
相恋依偎蒹葭里
岁月几度露为霜
彼岸花中茫叶黄
过往成殇独落寞
独盏独饮是沧桑
沂山秋夜凉似水
一叶轻舟波荡漾
提笔书笺为爱恋
望君能守望天长

沂蒙山的秋夜
花儿散落一地温柔
那是你对我的怜惜
还是飘落的烟雨惹乱了我的双眸
看惯了你笑容里如春风拂面的温暖
听惯了你声音中情意绵绵的喃喃细语
习惯了依偎着你撒娇捣乱
你的宽容和宠溺牵引着我
让我跌入了爱情谷底

落日在寂寥群林中微语
静静地在螳螂桥上等待你的出现
在沂源这个并不喧闹的小城里
想和你相拥着在寂静的小路漫步
或是静静地聆听一首歌曲
四目相对
清浅一笑
看世间的风花雪月
有共同的心愿情结
平静安逸

当你的身影已化成一种氛围如影随形
当你的一颦一笑印在我的心间
当花前月下的印迹刻成了永远
当一生的痴情柔美化为轻烟
相守着两个人的誓言
铺开蝶恋花蔓
深情相悦心欢
花开一阵春色
花落一笺桂花香
流年不负
岁月静好
天青色等烟雨
而我在等你

老　家

回到老定
这荒无人烟的小山村
如同孤岛
被搁浅在岁月里

推开布满灰尘的古朴院门
再也听不到鸡鸣狗叫
只有野草疯长
结满房的蜘蛛网
打捞不到家的温馨

拿起小时候坐过的小木凳
但我没有拭去灰尘

我怕擦去从前的味道
美好的童年时光
我只能在回忆中重温

东里的葡萄

微风拂过
丝丝清凉
葡萄架下玩摄影
别有一番情趣
造型各异
心情舒畅
每一个镜头都是快乐的风景

沂源东里的葡萄熟了
晶莹剔透
挂满枝头
除了让人唇齿留香
还有一种甜在心底回味

东里葡萄园

头顶上如蜘蛛网似的葡萄藤

和绿绿的叶子蔽日

抬头透过繁茂的藤蔓张望

一串串一坨坨晶莹剔透的葡萄

密密地垂吊着

似座座珍珠塔

如堆堆翡翠珠

闪烁着诱人的光芒